KB271781

FUSION FANTASTIC STORY

서형석 장편 소설

더 퍼니셔 5

서형석 장편 소설

초판 1쇄 찍은 날 § 2013년 8월 28일
초판 1쇄 펴낸 날 § 2013년 9월 3일

지은이 § 서형석
펴낸이 § 서경석

편집부장 § 권태완
편집책임 § 어정원
디자인 § 이혜정

펴낸곳 § 도서출판 청어람
등록번호 § 제1081-1-89호
등록일자 § 1999. 5. 31
어람번호 § 제1-1671호

주소 § 경기도 부천시 원미구 심곡2동 163-2 서경B/D 3F (우) 420-822
전화 § 032-656-4452 팩스 § 032-656-4453
http://www.chungeoram.com
E-mail § chungeorambook@daum.net

ISBN 978-89-251-3446-8 04810
ISBN 978-89-251-2831-3 (세트)

THE PUNISHER

⟨5⟩

[완결]

더 퍼니셔

FUSION FANTASTIC STORY

서형석 장편 소설

CONTENTS

THE
PUNISHER
Chapter 01
울고싶은데 뺨 때리는군!

"오셨습니까, 한 반장님!"

"오셨습니까."

"한 사장은?"

"안에서 기다리고 계십니다."

배달의 기수 사무실에 갔더니 덩어리들이 형님 인사를 한다. 아마 재들은 죽을 때까지 저 인사법을 고치지는 못할 것 같다.

벌컥.

"오셨습니까, 한 반장님!"

안에서 내 목소리를 들었는지 한상일이 문 앞에서 기다리고 있다가 역시 배꼽인사를 했다. 윗물이 맑아야 아랫물이 맑지. 사장이 아직 깡패의 티를 벗지 못하고 있으니 아랫놈들이 그러는 것도 당연한 일이다. 언제 날 잡아 양아치 물을 쏙 빼놔야겠다.

사장실로 들어서며 힐끗 살펴보니 여학생 한 명이 소파에 앉아 불안한 얼굴로 좌불안석하고 있다. 하긴 배달의 기수는 척 봐선 조폭사무실이다. 구성원의 인상을 보면 웬만한 조폭사무실보다 더하면 더했지 절대 덜하진 않다. 불안해하는 여학생의 태도가 십분 이해할 수 있었다.

"저 학생이야?"

"예, 반장님. 전에 현지 학생이 다니던 학교 친구라고 합니다."

제보자가 친구 아니면 가족이라고 생각했는데 역시 친구가 맞았다. 여학생 앞의 소파에 앉으며 경찰신분증을 꺼내 보여 주었다.

왜?

크! 알다시피 나도 한 인상 하잖냐? 가뜩이나 불안해하는데 경찰이라고 알려줘야지 안 그러면 곧 거품 물고 쓰러질 것만 같아서다.

"밀레니엄수사대 한대갑 반장이야. 텔레비전에도 몇 번 나왔는데 내 얼굴 모르겠어?"

도리도리.

요즘 아홉 시 뉴스를 보는 학생은 없을 거다. 신문도 물론이고 말이다. 내가 연예인이 아닌 바에야 당연히 여학생이 알리가 없는 거다. 그래도 내 딴에는 여학생의 긴장을 풀어주기 위해 던진 회심의 한마디였다. 깨끗이 무시당했지만.

"학생은 이름이 뭐야?"

"…한수진이요."

"어! 나랑 종씨네. 하하하! 반가워, 수진아."

"…예."

얼떨떨한 표정의 수진의 손을 덥석 잡아 정말 반갑다는 듯이 아래위로 흔들었다. 설마 이런 걸로 성추행으로 고소하지는 않을 거다. 수진이가 너무 긴장하고 있어 어떻게 대화를 풀어나가야 할까 고민하고 있었는데 운 좋게도 수진이도 한 씨란다.

이런 적절한 타이밍에서 농담 한마디를 빼놓을 수는 없어 어색하게 서 있는 한상일이를 가리키며 말을 건넸다.

"쟤도 한 씨야. 쟨 내놓은 한 씨. 그리고 여기 깡패사무실 아니니까 안심해도 돼. 너 집에서 자장면 시키면 가져다주는 애들 있지? 배달이 그런 배달이야. 여기 있는 애들 다 그런 애들이니까 안심해도 돼. 내 정보원들이거든."

“…예, 아저씨.”

“반장님.”

“예, 반장님. 풋!”

눈을 동그랗게 뜨고 정정해 주자 수진이 얼른 반장님이라고 부른다. 그러곤 결국 웃음을 참지 못하고 터뜨리고는 민망해 어쩔 줄 몰라 한다.

“하하, 됐어. 그럼 이제 우리 본론으로 들어가 볼까?”

“예, 반장님.”

“수진이가 신문사에게 편지를 보낸 건 현지가 억울하다고 생각해서겠지?”

“예, 그런데 어떻게 반장님이 그걸?”

“편지를 받은 기자가 내 친구야. 걔도 현지가 불쌍하다고 나한테 가져왔어. 그래서 현지 사건을 조사하게 된 거고.”

“아~!”

이제야 수진이가 안심하는 것 같았다. 더 이상 이곳이 의심스러운 곳이 아니라고 생각했는지 수진이는 평범한 여고생으로 돌아갔다.

뭐 수다 떨기 좋아하는 여고생 하나 다루기는 쉽다. 처음에 말문을 열게 하는 것이 어려워서 그렇지. 내 페이스에 말린 수진이는 묻는 말에 자신의 의견까지 섞어서 주저리주저리 늘어놓았다. 묻지 않은 말까지도 말이다.

그리고 그 내용은 예상과 별반 다르지 않았다. 원래 같은 길을 걷는 사람은 다 알 수 있다. 조직 보스까지 한 내가 예비 양아치들이 하는 짓거리 하나 짐작하지 못하겠냐?

"오늘 고마웠고 혹시 무슨 일이 있으면 연락해."

"예, 반장님."

수진에게 명함을 한 장 건네고 한상일에게 눈짓을 했다. 집에까지 잘 데려다 주라는 얘기다.

수진을 보내고 잠시 한상일의 사무실에 앉아 있었다. 생각을 정리할 필요가 있었다. 내가 생각하기에 은평 학원은 악의 축이다. 아들에서 애비까지 누굴 살리고 봐줄 곳이 없이 뿌리를 뽑아야 했다.

그런데 어떻게?

이게 내가 고민하는 이유다. 내 성격에 처음부터 안 했으면 몰라도 시작하는 순간 꿈꾸던 안빈낙도하고는 멀어졌다고 보면 된다. 그런데 내가 무슨 말년에 영화를 보겠다고 이짓을 해야 하는지 모르겠다. 오죽하면 내게 이 일을 떠넘긴 지연이를 원망하겠냐?

에휴! 생각만 해도 골치 아프다. 그냥 흘러가는 대로 해야겠다. 누구랑 척지는 거 싫은데 이번엔 피해가지 못할 것 같다.

"쩝! 내 팔자가 그렇지, 뭐!"

“예?”

“너한테 한 말 아냐. 그냥 그렇다고. 야, 한상일이!”

“옙! 반장님.”

한상일이가 내 기분이 더럽다는 걸 눈치채고 기합이 바짝 들은 척을 했다. 이젠 너구리가 다 되어 척을 한다, 척을.

“잘해! 응? 알았지?”

“충성!”

봐라, 밑도 끝도 없는 소리에도 묻지도 않고 대답하는 걸. 너구리가 아니라 이젠 완전히 여우 새끼다. 능청 떠는 한상일이를 한 번 노려봐 주고 사무실을 나섰다. 왠지 발걸음이 무겁기만 하다.

*　　*　　*

“예, 밀레니엄수사대 송창식 경삽니다. 누구요? …잠시만 기다리십시오.”

전화를 받은 송 경사가 수화기를 막고 나를 쳐다보며 물었다.

“반장님, 현대자동차라는데요?”

“어디?”

“현대자동차요.”

"아! 돌려줘,"

현대자동차라니까 뇌리를 번쩍 스쳐 가는 것이 있었다. 친구 무헌이의 잘생긴 지갑이 떠올랐다. 그동안 무헌이 연구소를 풀빵구리 드나들듯 드나들었던 결실을 맺은 것 같았다.

"예, 한대갑 반장입니다. …아, 내가 갑니다. 어디로 가면 됩니까? 알겠습니다, 곧 가죠."

흐흐흐흐! 드디어 신차가 나왔단다. 그것도 풀 옵션으로 말이다.

'자식! 그래도 형님을 잊지는 않았군!'

차는 사륜구동의 국산 지프차다. 복잡한 서울의 도로 사정상 잘빠진 스포츠카 따위는 있어 봐야 소용도 없다. 가벼운 접촉사고쯤에는 끄떡없는 지프가 최고다.

또 운전석이 높아 시계도 넓고 말이다. 형사라는 직업의 특수성을 더한다면 이만한 게 없다.

한때 대형벤츠를 타던 내겐 한없이 초라한 차지만 공무원인 이상 어쩔 수 없는 현실이다. 일부러 눈 밖에 나지 않을 생각이라면 말이다. 거기다 가끔 매스컴을 타는 난 여론에도 신경 써야 하지 않냐? 사람이 잘나면 피곤은 옵션으로 따라오는 거다.

아무튼 잘난 친구 덕에 새 차를 타게 되었다고 생각하니 기분은 좋았다. 첫날은 무조건 민정이를 태워야 한다. 안 그러면 삐치니까 말이다.

―대갑 씨, 어디야?

"응, 지금 사무실로 가는 중이야. 오늘 퇴근 후에 시간 괜찮지?"

퇴근 후에 떡하니 신차를 끌고 가 깜짝 놀라게 할 생각이다.

―왜……? 오늘 세미나 있어. 아빠도 있는 자리라 끝나면 바로 집으로 가야 할 것 같아. 미안한데 오늘은 대갑 씨 먼저 가.

"어? 안되는데……."

―왜 무슨 일 있어?

"에이! 오늘 새 차 나왔단 말이야. 너부터 태워줄려고 했는데. 쩝!"

―차? 무슨 차? 차 산다는 소리 안 했잖아?

민정의 목소리에 궁금함과 함께 은근한 책망이 담겨 있다. 상의 없이 저질렀다는 타박일 거다.

'얘가 벌써 마누라 행세하네? 흐흐, 그래도 기분은 좋네!'

"사긴 누가 차를 샀다고 그래? 내 돈 주고 산 거 아냐. 선물로 받았어."

―선물? 차를 선물했단 말이야? 누가? 대갑 씨 설마 뇌물 받은 거 아니지?

쩝! 아름다운 우정이 뇌물로 둔갑했다. 직업이 직업이다 보니 우정에도 순수하게 기뻐하지도 못한다.

"뇌물은 무슨! 왜 저번에 모든 그룹에 납치당한 친구 있었잖아? 무헌이라고. 내 덕에 무사히 계약했다고 하나 뽑아줬어."

—그래? 대갑 씨, 그거 괜찮을까?

"무슨 소리야? 내가 무헌이 봐줄 일도 없잖아. 친구끼리 지나간 일로 고맙다고 선물하는 것도 안 돼?"

—코에 걸면 코걸이 귀에 걸면 귀걸이 아냐. 모든 그룹에서 알면 걸고넘어질 수도 있지.

"에이! 대 모든 그룹이 나 같은 형사 나부랭이한테까지 신경 쓰겠어?"

—그래도 걱정되네…….

내 일이다 보니 걱정이 되는 모양이다. 흐뭇하긴 한데 오늘 기분 다 잡쳤다.

"괜찮아, 걱정하지 마! 그럼 오늘은 나 먼저 들어갈게. 나중에 전화해."

좋은 기분에 찬물을 끼얹었다고 생각했는지 미안한 목소리가 들려왔다.

—응, 미안해. 대갑 씨!

"괜찮아. 그럼 수고해."

―아! 대갑 씨!

전화를 끊으려 하는데 민정이 다급하게 불렀다.

"왜?"

―오늘 다른 여자 태우면 안 돼! 내일 내가 제일 먼저 탈 거니까. 알았지?

"알았어. 내일 봐!"

흐흐흐, 나빠졌던 기분이 다시 좋아졌다. 이래서 연애를 하는 걸지도…….

검찰청으로 향하던 차를 돌렸지만 막상 갈 곳이 없다. 그렇다고 새 차가 나왔는데 집에 갈 수도 없고……. 쩝! 왜 난 이렇게 인간관계가 편협한 걸까 하고 잠시 반성의 시간을 가졌다.

무헌이는 먼저 전화로 고맙다고 했고, 무헌이도 한창 연애질 중이라 별로 반기지도 않는다. 그 마음은 나도 충분히 이해한다. 나도 그러니까. 그렇다고 지연이를 부를 수도 없고……. 쩝! 일찍 들어가 혜리나 약 올리며 놀아야겠다.

띠리리 띠리리…….

'정말 한시도 이 몸을 편히 두지 않는군!'

휴대전화 만든 놈이 원망스럽다. 그래도 어쩌겠냐? 직업이 이런 걸. 내가 다시 태어나면 형사는 절대 안 한다. 지금 와서 생각해 보면 도대체 내가 무슨 생각으로 형사를 하려 했는지 이해할 수 없다. 흐흐, 근데 나도 다시 태어날 수 있을까?

"어, 송 형사! 무슨 일이야?"

—반장님, 또 터졌습니다.

"아, 이 사람아! 국어 공부 좀 해. 주어 목적어 다 빼고 말하면 내가 어떻게 알아!"

—반장님, 은평 학원에서 사고가 터졌습니다. 여고생이 또 투신자살했습니다. 살고 있는 아파트에서요.

'하아—! 일을 몰아서 주는구나.'

지금 수사하고 있는 현병철이와 관련이 있다는 감이 왔다. 알다시피 내 감은 거의 확정 수준이다.

"언제?"

—지금 막입니다. 지금쯤 관할에서도 출동하고 있을 겁니다.

"송 형사는 지금 어디야?"

—현장으로 가는 중입니다. 오시겠습니까?

"가야지. 어딘데?"

—갈현동 태양 아파틉니다.

"내가 갈 테니 송 형사는 빠져. 오늘은 일찍 퇴근이나 하고 내일 잠복이나 서."

—예?

믿기지 않는다는 목소리다. 난 정말 순수하게 쉽게 해주는

데도 저러는 걸 보면 아직 신용사회는 멀기만 한 듯하다.

"관할서랑 부딪치지 말라고. 내가 예전에 그쪽에서 근무했으니까 슬쩍 알아볼게."

—아~ 예! 하하, 그럼 수고하십시오.

싱글벙글하는 송 형사의 얼굴이 눈에 선하다. 좋아 죽겠는가 보다. 하긴 근무환경이 개선되었다곤 하나 아직 3D업종의 선두주자이긴 마찬가지다.

그나마 우리야 파견근무니까 일주일에 서너 번은 정시 퇴근을 하는 거다. 일선 형사들은 아직 꿈도 못 꾼다. 군대든 사회든 파견은 편한 거다.

사고가 난 갈현동이면 순경으로 첫 근무를 했던 구파발 파출소에서 멀지 않은 곳이다. 당시 구파발 파출소에서 함께 근무했던 김 경장은 아직도 경장이다. 내가 진급한 후로도 가끔 안부전화를 한다. 은영이 형부니까 말이다.

그리고 김 경장은 가늘고 긴 경찰공무원을 지향하기에 내 진급에 별 위화감은 느끼지 않았다. 사적인 자리에서는 이전처럼 형, 동생으로 지내고 있다.

혹시나 해서 한번 전화를 해본다. 알리바이는 중요한 거니까 말이다. 신호가 두 번도 울리기 전에 김 경장의 목소리가 들렸다.

—아이고! 이거 한 반장님이 파출소 경장에게 웬일이십니까?

“하하, 어디서 땡땡이치나 감사 내려왔습니다. 어디세요?”

―하하, 이거 어쩌나? 오랜만에 근무 중인데.

“어디 계신데요? 저 지금 갈현동 지나는 중입니다. 제가 갈게요.”

근처라는 말에 깜짝 놀라는 김 경장이다. 아마 내가 심심해서 장난치는 줄 알았을 거다. 할 일 없으면 늘 그랬으니까 말이다.

―어! 정말이야? 근데 어쩌지? 나 진짜 근무 중이야. 여고생 투신자살 사건 때문에 지원 나와 있어.

역시 이번에도 제대로 찍었다.

‘지원은 무슨? 뒤치다꺼리 하는 거지.’

“어딘데요? 제가 갈게요. 어차피 관할서에서 형사들 나오면 퇴근할 거 아네요?”

―그럴래? 갈현동이라고 했지? 여기 태양아파트야 305동. 알지, 태양 아파트?

“예, 금방 갑니다.”

―경위가 사는 거 맞지?

“예, 제가 삽니다, 사요!”

사적으로는 이렇게 편하게 대화를 하지만 현장 가면 내게 거수경례를 한다. 하지 말래도 하는 걸 보면 정말 웃기는 사람이다. 그리고 형수와 있는 자리에서 그걸로 날 씹는다. 그게 재미있단다. 참나!

원래 목적지가 태양 아파트였고 근처에서 전화해 바로 단지로 들어갔다. 305동으로 들어가니 벌써 경찰이 출동해 진입을 막고 있다. 도로 한편에 차를 세우고 경광등을 올려놓고 내렸다. 안 그러면 딱지를 끊거나 견인해 간다.

"수고하십니다. 구파발 파출소에서 지원 나온 김 경장님은 어디 계십니까?"

"누구십니까?"

"예, 김 경장님 후밴데 약속이 있어서. 이곳에 지원 나왔다고 이리로 오라고 하시더군요."

통제하고 있는 의경에게 경찰 신분증을 보여주며 물었다.

"아! 충성! 수고하십니다. 구파발 파출소라면… 아! 저쪽 입구 쪽에 있습니다."

의경은 황송한 표정으로 경례를 하며 입구 쪽을 가리킨다.

"수고하세요."

"옙! 충성!"

난 언제나 예의 바른 사나이니까. 입구 쪽에 가보니 김 경장과 모르는 경찰이 대화를 나누고 있다 나를 보고 경례를 한다.

"충성! 한 반장님 오셨습니까?"

"아참! 김 경장님도. 충성."

입구에 몰려 있던 주민들이 우리 둘을 보며 수군거린다. 젊은 내가 경례를 받는 것이 이상한 거다.

'내가 좀 어려 보이긴 하지.'

"양 순경도 인사해. 왜 황소반장이라고 얘기 들었지? 우리 파출소 출신."

"아! 충성. 양일환 순경입니다. 한 반장님에 대해선 말씀 많이 들었습니다."

"예, 수고하십니다. 한대갑입니다."

선망의 눈길로 나를 보는 양 순경과 몇 마디 나누고 김 경장을 끌고 한쪽 구석으로 갔다. 원래 김 경장이 이것저것 주워듣는 재주가 비상하다.

"뭐예요?"

"투신자살인 것 같은데 유서가 없어. CCTV 확인 중이니 뭔가 나오겠지? 뭐 성적비관이나 그런 거 아니겠어?"

"어디 학생이에요?"

"신연희라고 은평 고등학교. 2학년이야. 15층에서 떨어져 그 자리에서 즉사야."

"뭐, 좀 더 아는 거 없어요?"

"뭐야? 나보러 온 거 아니었어?"

가늘고 길게 파출소 소장이 꿈인 김 경장답게 눈치는 비상하다. 듣는 사람도 없는데 목소리마저 착 깔고 묻는다.

"겸사겸사요. 아직 비밀이에요. 정식으로 사건 배정받은 건 아니니까. 김 경장님이니까 내가 특별히 알려주는 거예요. 알죠?"

대화의 요령이라는 거다. '비밀, ~니까, 특별히!' 그리고 은밀한 목소리로 '알죠?' 하고 묻는 게 한 세트다. 이러면 상대방은 뭔가 특별한 대접을 받는다고 느낀다. 그리고 상대에 따라서는 말한 사람보다 더 비밀을 지키려고 노력하는 사람도 있다. 김 경장처럼 말이다.

김 경장이 목소리를 더 낮춰 소근거린다. 이러다 귓속말로 해야 하는 거 아닌지 모르겠다.

"뭘 알아야 하는데?"

"유서나 CCTV를 볼 수 있을 까요?"

"글쎄… 쉽진 않지만 해보지 뭐. 언제까지 아, 아니 이따 얘기하자. 현장이나 한 번 보고 목로 집에 가 있어. 우리도 곧 철수할 거니까. 집사람보고 가 있으라고 할 게 같이 있어."

"예, 그럴게요. 현장 사진도 좀 부탁해요."

"알았어. 먼저 가 있어."

어떻게 구하는지는 알 수 없어도 수사상 비밀을 캐내는 데는 용한 사람이니 믿을 만했다. 오랜만에 목로 집에서 목구멍 때나 벗겨야겠다.

김 경장과 헤어져 나오는 길에 현장에 들러봤다. 화단에 핏물을 아직 흥건하지만 사체는 이미 후송한 모양이다.

15층에서 자유낙하했다면 콘크리트가 아니라 진흙에 떨어져도 무사할 수 없다. 수사 진행 사항은 이런저런 루트를 통해 알아볼 수 있어 일단 약속한 목로 집으로 향했다.

＊　　　＊　　　＊

웅성웅성. 와글와글.

연신내의 유서 깊은 목살 구이집이다. 아직 이른 시간임에도 홀에는 빈자리가 거의 없다. 한구석을 차지하고 달아오른 불판을 쳐다보며 멍하니 앉아 있다. 형수가 아직 나오지 않았으니 어쩔 수 없었다. 여자는 나오려면 꾸며야 한다는 것을 이해는 하지만 먹을 걸 앞에 놓고 기다리려니 고역이다.

꿀꺽!

김 경장만 나온다면 먼저 구워먹고 있을 텐데 형수는 그런 거 싫어해 기다려야 한다.

‘일찍 오든지…….’

고인 침을 삼키며 속으로 투덜대고 있는데 반가운 목소리가 들렸다.

“오래 기다리셨어요?”

“아! 어서 오세요. 저도 지금 막 도착했습니다. 앉으세요.”

　거짓말이다. 벌써 30분은 기다렸다. 웃는 얼굴로 천연덕스
럽게 거짓말을 하고 있는 거다.

　"호호호! 이해해 줘요. 여자는 화장실 갈 때도 꾸미고 가야
하거든요."

　"뭐, 그것도 형수처럼 미모가 받쳐 줘야 하는 것 아닙니
까?"

　"어머, 어머! 한 반장님 요새 연애해요? 말솜씨가 많이 늘
었네요."

　역시 칭찬에 약하다는 말이 맞는 듯 형수는 팔짝팔짝 뛰듯
이 좋아하며 눈매가 부드러워졌다. 그런데 여자들은 간단한
말로도 연애를 하는지 알 수 있나 보다. 참 부러운 초능력을
많이 가지고 있다는 생각이 든다.

　"연애는요……."

　"어머! 어머! 진짜였네! 누구예요? 은영이 고년은 한 반장
잡으라고 했더니 말도 안 듣고… 아까워서 어떡해!"

　'은영인 원래 말 안 듣습니다. 언니가 그것도 모르고 있었
습니까?

　정말 아깝다는 표정이다. 이래서 김 경장 부부를 만나면 기
분이 좋았다.

　"은영이도 좋은 사람 만날 겁니다."

　형수한테 은영이가 중늙은이에 유부남 만나고 있다고는

말 못한다. 그리고 둘이 가면 얼마나 가겠냐? 과거 한두 개 있는 건 요즘 화제거리도 안 된다. 은영이가 그런 것으로 기죽을 애도 아니고.

지지직. 지글지글.

대답하면서 고기를 올렸다. 형수와 철없는 은영이를 안주로 씹으며 소주 두 병을 비워갈 때쯤 김 경장이 들어왔다.

김 경장이 자리에 앉자마자 술도 받지 않고 심각한 표정으로 소근거렸다.

"대갑아, 이상하다!"

"뭐가요? 일단 술이나 한잔 받아요. 형수도 있는데 일 얘기부터 할 거예요?"

"아냐, 아냐. 정말 이상해."

형수 얘기를 꺼냈는데도 신경조차 쓰지 않는 건 정말 중요한 일이라는 거다.

"자세하게 얘기해 봐요. 밑도 끝도 없이 그러지 말고."

"아까 여고생이 15층에서 투신했다고 했지?"

"예. 그런데요?"

"거기 18층 건물이야."

"그 학생이 1507호에 산다면서요? 꼭 투신을 옥상에 가서 하란 법 있어요?"

김 경장이 고개를 가로저으며 말했다.

"아니, 그런 말이 아니라 거긴 통로에 안전창이 설치되어 있어. 물론 지금은 열려 있지만. 생각해 봐라, 대갑아. 1미터 50센티 정도는 벽이거든. 그 위를 유리로 막았고. 근데 여학생이 그 벽을 올라가 뛰어내렸다는 거잖아? 물론 그럴 수도 있지만 그게 쉽냐?"

"유서나 CCTV는요?"

"유서는 아직 안 나왔고 CCTV는 은평서에서 회수해 갔어. 근데 현장 분위기는 벌써 완전히 자살이더라. 아무래도 자살로 몰고 가는 것 같아. 너도 알지? 경찰이 슬쩍 흘리면 자살되는 거?"

"김 경장님이 보기에는 어떤데요?"

"나야 모르지, CCTV도 못 봤고. 요즘 애들이 이런저런 이유로 자살하지만 100%로 자살이라고 단정하지는 못하는 거 아니냐?"

형수는 우리가 심각한 대화를 나누자 낄 자리가 아니라고 생각했는지 말없이 고기만 굽고 있다. 경찰 와이프다운 관록이다.

"자살이라면 이유가 있을 거 아녜요? 원인은 뭐래요?"

"성적 비관이라고 하는 것 같더라."

"고2가 뭔 성적비관이에요?"

"한 반장님, 그건 안 그래요. 요즘은 고등학교 입학과 동시에 입시 준비에 들어간다고요."

고기를 굽던 형수가 고개를 저으며 말을 거들고 나섰다. 우리 때는 3학년 올라가서야 시작했는데 그사이 바뀌었나 보다.

"김 경장님, 그 사건 좀 더 알아볼 수 있어요?"

"위에서 지시한 거야?"

김 경장은 밀레니엄수사대가 대단한 줄 알고 있다. 뭐 내덕에 매스컴도 몇 번 탔고 자그마치 대통령씩이나 관심을 갖고 지켜본다고 하니 전혀 틀린 말은 아니었다.

실제로 할당된 수사는 해결 불가능한 미제 사건밖에 없는데도 말이다. 그리고 처음이나 관심을 가졌지 지금 대통령은 밀레니엄수사대가 있는지조차 모를 거다. 하지만 밖의 사람들이 그런 사정을 알 리가 있냐? 우리도 아무 말 않고 말이다.

"그건 아니고 제가 개인적으로 지켜보고 있는 사건이 있는데 아직 관할서에는 비밀입니다. 조금 구체적으로 윤곽이 잡히는 대로 이관 받을 생각입니다."

"뭐, 한 반장 부탁이라면 들어줘야지. 잘되면 내 이름도 올려줘. 빨리 소장이 되어야 길게 빼먹지."

"하하, 밴댕이 새가슴이라 뇌물을 줘도 못 받는 사람이 빼먹긴 뭘 빼 먹어요."

"호호호! 그건 한 반장님 말이 맞아요. 글쎄 이이는 혹시나 잘릴까 봐 사과 한 박스 못 받는다니까요.”

형수의 말을 마지막으로 일 얘기는 끝났고 오랜만에 회포를 풀었다. 여고생 자살사건은 김 경장이 알아본다고 했으니 며칠 기다리면 대충은 알 수 있을 거다.

＊　　　＊　　　＊

“오빠! 정말 치사하게 그럴 거야?”

“내일 태워줄게. 나 출근한다!”

혜리가 새 차에 태워달라고 앵앵거리는 걸 간신히 떼어놓고 출근했다.

“좋은 아침!”

“어서 오세요, 한 반장님!”

“한 반장님, 좋은 아침!”

내 트레이드마크가 된 아침인사를 하며 사무실로 들어갔다. 그동안 사무실 분위기가 많이 좋아졌다는 것을 피부로 느낄 수 있다. 이제는 한식구 같다는 생각이 든다.

처음엔 우리 형사 팀이 좀 떠 있었잖냐? 그리고 눈치챘을지 모르지만 내 아침인사에서 존칭이 빠져 있다. 전부 내 똘마니 삼은 거다.

기분 좋게 자리에 앉는데 민정이가 다가와 말을 건넨다.

"한 반장님, 잠깐 저 좀 볼래요?"

휘이익! 삐이익!

―아침부터 데이트예요?

―좋을 때다!

'씹! 저건 누구야?

나와 서 검사의 심상치 않은 관계를 아는 직원들의 야유가 쏟아졌다. 뭐 내가 그런 걸 신경 쓸 사람이냐? 이 자리에서 민정을 끌어안고 진한 키스라도 해주려다 참고 물었다.

"무슨 일 있어요?"

"할 얘기가 있어요. 옥상에 가 있을게요."

옥상이라… 학창 시절엔 꽤 이용했던 곳이다. 물론 여기서도 같은 용도로 이용하고 있지만. 그런데 농담할 때가 아닌 것 같다. 말을 건네고 돌아서 사무실 밖으로 나가는 민정의 얼굴이 어둡다.

부러운 시선으로 날 쳐다보고 있는 부하형사들에게 한마디 하고 일어섰다.

"자네들은 서 검사 내려오면 올라와."

'뭐지?

뒤따라 나가 커피 두 잔을 빼 들고 옥상으로 올라갔다. 아직 이른 시간이라 담배 피우러 올라온 직원은 없었다. 옥상으로 부른 이유는 날 배려해서일 거다. 형사 팀 아침 일과가 커피 들고 옥상에 올라가 담배 피우는 거니까 말이다.

민정은 재떨이가 놓아진 흡연 구역 의자에 앉아 기다리고 있었다. 조금 어울리지 않는 광경이지만 그래도 그녀가 있으니 그림이 된다. 미인은 어디 있어도 어울리는 것 같았다.

"여기 커피."

"고마워요."

민정이 옆에 엉덩이를 붙이고 앉았다. 눈앞에 재떨이가 보여 습관적으로 담배를 꺼내 물다 그녀를 보고 다시 집어넣었다.

"피워도 괜찮아요."

찰칵. 화악!

알다시피 괜찮다는데 마다할 내가 아니다. 두말 않고 생긋 미소 지으며 허락해 준 그녀의 성의에 보답하기 위해서라도 피워야 했다. 담배에 불을 붙여 한 모금 내뱉고 나서 물었다.

"고마워. 근데 무슨 일이야?"

"어제 세미나 가서 얘기 들은 건데 밀레니엄수사대가 곧 해체될 모양이에요. 대갑 씨도 알고 있어야 할 것 같아서……."

"그래? 언제 해체되는데?"

"한 달 후에는 해체될 거예요."

어차피 상설기구가 아니니 언제 해체되어도 이상할 것 없는 조직이었다. 사실 하는 일도 별로 없고 말이다. 어느 정도 대민 홍보 효과는 거두었으니 슬슬 치울 생각인가 보다. 경찰이나 검찰 양쪽 모두 탐탁지 않은 조직이다 보니 어느 곳에서도 환영받지 못하고 있는 존재가 밀레니엄수사대였다.

"뭐 상관없잖아? 민정이랑 같이 있지 못하는 게 조금 아쉽지만. 어디 가도 같은 일 하는 건데."

"그래도……."

솔직히 난 아무렇지도 않은데 그녀는 뭔가 많이 아쉬운 표정이다. 은근히 기분이 좋아져 장난스럽게 물었다.

"설마 나랑 떨어지는 게 서운해서 그러는 거야?"

"그럼 대갑 씨는 좋아?"

화난 척하는 건 다시 듣고 싶기 때문이다. 그 정도 립 서비스야 얼마든지 한다. 엉덩이를 붙이고 모르는 척 그녀의 어깨를 품으로 끌어당겨 안으며 대답했다.

"설마 그럴 리가. 하지만 떨어져도 난 매일 볼 거니까 상관없어."

"아이~! 누가 보면 어쩌려고."

민정이 눈을 살짝 흘기며 가벼운 앙탈을 한다. 그래도 싫지는 않은지 밀어내지는 않았다. 내친 김에 키스까지 달려볼까 했지만 사람들의 발소리가 들려 포기했다.

발걸음 소리에 그녀가 화들짝 놀라 자리에서 일어나며 재빨리 속삭이며 앞장서 내려갔다.

"퇴근하고 봐."

나도 뒤따라 내려와 옥상으로 향하는 형사들을 불러 세웠다.

"잠깐, 들어들 와봐. 급히 지시할 게 있으니까."

"예? 예. 반장님!"

모두 자리에 앉아 '아침부터 왜 그런데?' 하는 눈으로 날 보고 있다.

"오늘 중으로 지금 하던 일 전부 정리해!"

"예?"

"갑자기 왜?"

부하들의 눈이 동그래졌다. 그러더니 모두 서 검사에게로 시선을 돌린다. 옥상에서 무슨 일이 있었냐고 묻듯이 말이다.

"아! 그런 거 아냐. 잔말 말고 하던 거 오늘 중으로 다 정리해. 조사할 사건이 있는데 인원이 부족해서 그래. 우리 형사반 전부가 매달려야 해."

"지금 조사 중인 사건 말입니까?"

"맞아. 송 형사는 대충 알 거야. 어제 여고생 하나가 또 투신을 했는데 아무래도 현지 학생과 연관이 있는 것 같아. 그래서 내일부터는 모두 그 사건에 모두 투입할 생각이야. 모두 그렇게 알고 정리들 해."

“…예.”

상사가 까라면 까는 거다. 군대야 억울하면 소원수리라도 쓴다지만 사회는 그것도 없다. 월급날만 목 빠지게 기다리고 있을 처자식을 생각하며 까야 한다. 불만스런 표정을 짓고 있는 부하들을 쓰윽 한 번 아려주고 조회를 끝냈다.

“송 형사는 나랑 나가고 모두 서둘러. 이상.”

“예, 반장님.”

부하들이 우르르 몰려 옥상으로 올라가는 것을 보며 자리에서 일어섰다. 송 형사가 따라붙으며 묻는다.

“어제 현장에 가서서 따끈따끈한 단서라도 건지셨습니까?”

“감이야, 감!”

“예? 그럼 더 확실한 것 아닙니까? 반장님 감이야 증거나 마찬가지니까요.”

또 이 사람이 아침부터 혀에 꿀을 바른다.

“사람도 참! 오늘은 현병철이를 좀 살펴봐야겠어. 어제 일과 연관이 있다면 동요하겠지. 아무리 망나니라도 고삐리니까 말이야.”

“그렇겠지요. 제 차로 모시겠습니다.”

“아니, 난 들를 곳이 있으니까 송 형사가 현병철이를 따라다녀.”

“저 혼자요?”

“저녁때 내가 가든지 아니면 김 경장 하고 교대해.”

“알았습니다. 그럼 먼저 가 보겠습니다.”

나도 일어서려는데 미시즈 김이 나를 부른다.

“한 반장님, 보스 면회.”

“나요? 무슨 일입니까?”

“호호, 그걸 제가 어떻게 알겠어요? 오랜만에 나오셨으니 또 알아요? 회식비라도 주실지.”

“쩝! 그러면 다행인데… 괜히 혹이나 붙이는 것 아닌지 모르겠네요.”

이런 말은 하지 말아야 했다. 말이 씨가 됐으니 말이다. 크!

THE PUNISHER
Chapter 02
해외출장

“오! 수고들 많아요. 한 반장 잠깐 볼까?”

“예, 본부장님.”

오랜만에 사무실에 모습을 나타낸 보스 하성민 본부장이다. 직원들과 간단한 인사를 나누고 나서 날 불렀다. 무슨 일일까 궁금해 고개를 갸웃하며 뒤를 따라 들어갔다.

“한 반장, 그동안 여러 가지로 수고 했으니 이번에 휴가나 좀 다녀오지.”

“예? 휴가요?

보스는 자리에 앉자마자 길쭉하고 두툼한 봉투 하나를 내

밀며 뜬금없이 휴가를 가라고 한다. 아닌 밤중에 홍두깨라더니 일단 넙죽 받아 챙기긴 했는데 영 찝찝하다. 내가 좀 활약을 하긴 했어도 달랑 나만 휴가를 보내줄 만큼 잘난 인맥은 없다.

'오히려 꼬투리나 안 잡으면 다행이지!'

당연히 내가 휴가를 가야 할 만한 사정이 있는 거다. 그래서 창밖을 보고 있는 보스에게 슬쩍 물어봤다.

"보내준다면 저야 좋지만 갑자기 그게 무슨 소립니까?"

"참나! 이거 창피해서 원!"

정말 창피하다는 얼굴로 쉽게 창밖을 향한 시선을 돌리지 않은 채 말을 꺼내지 못하고 있다. 대충 감이 왔다. 휴가를 핑계로 뭘 시킬 생각인 거다. 아님 꼭 휴가를 가야만 하는 일이거나 말이다.

어차피 맞을 매라면 빨리 맞는 것이 더 났다고 보스에게 직접 물었다.

"뭡니까?"

"이건 자네만 알고 있어야 하네?"

"예, 말씀하십시오. 제가 한대갑입니다."

보스는 엿들을 사람도 없는데 심각한 표정으로 목소리까지 낮춰 말한다. 나만 믿으라는 듯이 가슴을 탕탕 치며 대답했다. 그제야 보스는 창밖에서 내게 시선을 돌려 난처하다는 듯이 입을 열었다.

"하! 글쎄, 우리 검사 하나가 실종됐어. 아니, 납치됐다는 말이 맞겠지."

"예? 아니, 어느 정신 나간 놈이 대한민국의 검사를 납치합니까? 그게 정말입니까?"

나도 모르게 보스의 주의를 잊어버리고 목소리가 커졌다. 이건 말이 안 되는 소리였다. 일본 야쿠자도 아닌데 한국의 깡패가 검사를 납치하다니……. 내 상식으로는 절대 있을 수 없는 일이었다.

보스는 앗 뜨거워하는 표정으로 내게 말한다.

"쉿! 이 사람아, 조용히 해!

"아! 예, 죄송합니다. 하지만 그게 있을 수 있는 일입니까?"

"아, 나도 자네만큼이나 황당해. 하지만 사실이야. 그러니 자네가 좀 해결해 줘야겠어."

"우리 밀레니엄에서요?"

난 아니라는 걸 뻔히 알면서도 모르는 척 물었다. 정식으로 수사를 벌일 생각이라면 내게 휴가를 주는 일은 없을 테니 말이다. 아니나 다를까 보스는 난처한 얼굴로 말했다.

"사실은 그 자식이 필리핀에서 납치됐는데 돈을 송금시키지 않으면 죽는다고 협박을 받아서 가족들이 알려왔어. 일단 송금은 했는데 이틀이 지나도 연락이 없다고 말이야."

"예? 필리핀이요? 그거 복잡한 일 아닙니까? 대사관을 통해 정식으로 수사요청을 해야 하는 것 아닙니까?"

"쩝! 그래야 하지. 그런데 그게 그럴 수도 없어. 그 자식이 필리핀에 이거랑 도박하러 갔거든."

보스는 새끼손가락을 세워 보이며 말했다. 여자 끼고 도박하러 필리핀까지 가서 납치당했다는 뜻이다. 대한민국의 검사라는 자식이… 쩝!

"하아! 그래도 결국은 알게 될 것 아닙니까? 가족들이야 그렇다고 해도 같이 간 여자 쪽에서는 말이 나올 것 아닙니까? 그리고 본부장님, 까놓고 말해서 그런 자식을 구해서 뭐합니까?"

"나도 그렇게 생각해. 하지만 자네도 알다시피 현재 검찰 사정이 좋지 않아. 그런 상황에서 이 일이 외부에 알려지면 그 자식뿐만 아니라 검찰이 싸잡아 욕을 먹을 수밖에 없어. 그래서 자네가 필요하다는 거야. 일단 우리가 사건이 알려지지 않도록 국내 문제는 조치를 취할 테니 자네는 필리핀에 좀 다녀와."

"참 나! 본부장님, 전 슈퍼맨이 아닙니다. 그리고 막말로 제가 간다고 뾰족한 수가 있겠습니까? 차라리 현지 경찰의 협조를 구하는 게 빠르지 않겠습니까?"

"그쪽 경찰은 우리나라보다 더 개판이야. 검거는 물론 보

안유지마저도 기대할 수 없어. 그러니 우리가 나서지 않으면 어쩌겠나?'

자신도 무척 답답하다는 얼굴이다. 이렇게까지 말하는 이상 시키는 대로 해야 할 것 같다. 뭐 어차피 잘못된다고 해도 내가 책임질 사건도 아니고 머리나 식힐 겸해서 외국 바람이나 쏘인다고 생각하는 편이 나을 것 같았다.

'나도 할 일이 태산인데…….'

문제는 지금 진행 중인 사건이 있다는 점이었다. 하지만 아랫사람이 까라면 까야지 별수 있겠냐? 입이 닷 발은 튀어나오려 하지만 도리가 없었다. 포기하고 즐기는 수밖에.

"그런데 저 혼자 가야 합니까?"

"이런 일은 아는 사람이 적을수록 좋아."

그런 위험한 임무를 혼자 해결하라는 소리다. 도대체 보스는 날 어떻게 생각하고 있는지 궁금하다. 소문대로라면 난 운만 좋은 얼치기 형사 아니냐? 그런데 슈퍼맨 취급을 하니 말이다.

'아! 필리핀은 야쿠자 애들도 가기 싫어하는 곳인데…….'

일본에 있을 때 사업상 필리핀에 간 적이 있었다. 그런데 필리핀 갱들은 구식이긴 해도 다들 총을 들고 다녀서 야쿠자라고 해도 눈썹 하나 까닥하지 않는다. 옷 벗고 문신 보여줘봐야 총알만 박히고 말이다.

"언제 출발합니까?"

"내일, 아까 준 봉투에 비행기 티켓하고 경비가 들었어."

"내일이요?"

"생명이 달린 급한 일이야."

기가 막혔지만 받아 든 봉투를 열어보았다. 경비가 들었을 것이다. 돈 문제는 공항에서 후회 말고 지금 확인해야 한다. 칼자루를 내가 쥐었으니 충분히 받아야 했으니까 말이다. 다행히 항공권은 비즈니스석이다. 이코노미였으면 바꾸려고 했는데 이건 패스다.

그리고 가장 중요한 현찰은…….

"헉! 마, 만 달러! 이거 다 저 주는 겁니까?"

만 달러면 얼른 계산해도 천만 원이 넘는다. 필리핀은 물가도 싼데 너무 많이 주는 것 같다는 느낌이다. 그냥 모르는 척 챙기기엔 아무래도 뒤탈이 있을 것 같다. 세상에 완전한 공짜는 없으니까.

"일단 돈이 있어야 파리가 꼬일 것 아닌가? 그 돈은 카지노에 가서 써. 설마 공금을 엉뚱한 데 쓰려는 건 아니겠지?"

"그럴 리가 있습니까? 영수증 첨부할까요?"

이런 돈은 절대 공금이 아니다. 그래서 팅겨보는 거다. 뭐, 진짜 첨부하라면 첨부하면 되고. 나야 밑져야 본전이니까 찔러나 보는 거다.

"아니 영수증은 됐어. 우린 한 반장을 믿어. 그러니까 일만 잘 처리해줘. 사실 그 돈은 우리 검사들이 십시일반(十匙一飯) 모은 돈이야."

'모으긴 뭘……'

사람들이 흔히 오해하는 게 있다. 공직자는 월급으로 산다고 말이다. 사실은 그게 맞는 거다. 하지만 이런저런 수당에 지원금, 운영비, 품위유지비 기타 등등이 월급보다 훨씬 많다는 사실이다. 물론 직급에 따라 다르지만 말이다.

그런데 따지고 보면 그런 것들 중에 태반은 쓸모없는 것들이다. 그런데도 한 번도 여론화되지 않는 걸 보면 참 이상한 일이 아닐 수 없다. 아마도 다 그러니까 당연한 것으로 여기는 게 아닐까 싶다.

그런 것만 줄여도 세금이 확 줄 텐데 안 하는 걸 보면 윗사람들이 모르거나 내가 잘못 알고 있는 걸 거다. 뭐, 다 나보다 똑똑한 사람들이니 내가 잘못 알고 있을 거다. 안 그러면 설마 그대로 놔뒀겠냐?

어쨌든 본부장의 말에 토를 달수도 없어 알았다는 듯이 고개를 끄덕였다. 그런데 하나 반드시 집고 넘어가야 할 문제가 떠올랐다.

"저… 본부장님. 그런데 이거 제 연가를 써야 하는 겁니까?"

보스는 당연한 일을 왜 묻느냐는 얼굴로 대답했다.

"그래, 비밀리에 하려면 그 수밖에 없잖아."

순간 난 확 돌았다. 이거 매일 허허거리니까 이 사람이 날 완전히 물로 본 거다. 막말로 진급에 욕심이 있거나 아름다운 인맥을 만들 생각이라면 언감생심 받아들여야 한다.

하지만 진급 케이스에 올라도 진급 못하는 나다. 아직은 별 관심도 없고 말이다. 거기에 칼자루를 쥔 것도 난데, 내 피 같은 연가(年暇)를 도박에 빠진 쪼다 같은 검사 새끼한테 쓸 이유가 전혀 없다.

"아, 저 그럼 못 갑니다. 제가 그런 비리검사 하나 살리러 제 연가까지 날려야 합니까? 그것도 검찰 문제로 말입니다."

"아니, 이 사람이!"

본부장이 얼굴이 시뻘게져 나를 노려본다. 하 본부장 같은 사람은 부하직원이 거절할 수도 있다는 것을 모른다. 그런 경험이 없을 테니까. 하긴 나 같은 놈이 또 있기는 어려울 거다. 나를 노려보는 눈에서 레이저라도 쏘아질 것 같다.

그러거나 말거나 난 깨끗이 무시하고 할 말만 했다.

"공가로 만들어 주시든 출장으로 해주십시오. 안 그러면 절대 안 갑니다."

"…끙……! 나가서 대기해!"

"예, 일단 사무실에 있겠습니다."

뭐라고 더 소리를 지를 것 같았는데 용케 눌러서 참는 것 같다. 내가 거절할 것으로는 상상도 못하고 비밀까지 털어놓았으니 어쩔 수 없을 거다. 일단 꾸벅하고 인사하고 본부장실에서 나왔다.

자리에 앉았지만 일이 손에 잡히질 않는다. 보스를 열받게 만들었으니 아무렇지도 않다면 거짓말일 거다. 두렵다기보다는 은근히 신경이 쓰인다.

그리고 조회시간에 부하들에게 지시하고 저녁때 다른 소리 하려니 뻘쭘하기도 했다. 왜 조삼모사(朝三暮四)라는 말이 있지 않냐? 꼭 내가 그런 것 같다. 그러면서도 내일 필리핀으로 떠날 준비는 하고 있었다.

점심 때도 아무 말도 없어 슬슬 불안해지기 시작할 때 보스가 다시 사무실로 들어왔다. 나를 힐끗 쳐다보고는 고갯짓으로 따라오라고 한다.

'휴우! 해결됐나 보네……'

본부장실에 들어갔더니 마음에 안 든다는 듯이 날 쳐다본다. 그 심정을 이해 못하는 건 아니다. 그러나 나 같은 말단에게 연가란 정말 소중한 거다. 훌륭한 상사라면 부하직원의 심정도 헤아려 줘야 한다.

한동안 뚱한 표정으로 말없이 쳐다보던 보스가 얇은 파일을 내밀며 말한다.

"열흘 출장이야. 필리핀 경찰이 초청하는 세미나에 참가하는 거야. 그쪽에는 잘 얘기해 놓았으니 신경 쓰지 말고 이동훈이를 찾아봐. 자세한 건 그 파일을 참고하고."

"예, 본부장님."

봐라! 돈이 들고 귀찮아서 그렇지 충분히 할 수 있잖냐? 꼭 애꿎은 부하를 희생시키려고 하니 문제다. 처음부터 그랬으면 얼마나 화기애애한 분위기였을까.

본부장실을 나와 자리로 돌아와서 부하들이 돌아오기를 기다리며 파일을 살폈다.

이동훈.

헐! 이 자식 서울지검 특수부 검사님이다. 경제사범에게 꽤나 챙겼나 보다. 나이도 지긋한 마흔다섯 살이면 아랫도리 함부로 놀리고 다닐 나이는 아닐 텐데 말이다. 그런데도 도박과 여자에 빠졌다면 향응을 꽤나 받았다는 말이다. 다 중독성 강한 것들이니 빠져나오기 어렵다.

이 자식도 처음부터 자기 돈으로 도박하고 여자 만들지는 않았을 거다. 특수부라면 경제사범이 주를 이루니 이리저리 챙기고 받았다는 뜻이다. 그러다가 차츰 중독된 것이 분명하다. 야쿠자들이 가장 많이 쓰는 방법으로 가랑비에 옷 젖는 줄 모르다가 한 방에 훅하고 가는 거다.

같이 간 여자는 스물여덟 살의 한물가기 시작하는 탤런트였다. 나야 연예인에 관심 없어 알지는 못하지만 사진으로 봤을 때는 꽤 육감적인 몸매를 지녔다. 여자도 꽤 알려진 경우라 소문나면 여럿 다칠 것 같다. 좀 더 세게 나갔어도 보스가 들어줘야 할 만큼 말이다.

사실 가라고 해서 필리핀에 가긴 가지만 이동훈이 살아 있을 확률은 적었다. 납치는 목적을 이루어도 거의 살해하는 경우가 많았다. 특별한 정치적인 목적이 아니라면 말이다. 탤런트 이모 양도 얼굴이나 몸매로 봐서 살아도 살아 있는 것이 아닐 거다.

'아! 골치 아프네…….'

보스에게 하극상까지 저지른 마당에 아무 성과도 없이 돌아와서는 곤란했다. 놈들을 잡든지 피해자 둘 중의 하나는 데려 와야 그나마 면피를 할 수 있을 것 같았다. 돈도 1만 달러나 가지고 가니까 말이다. 카지노 가면 1만 달러는 돈도 아닌데 말이다.

아무래도 이번에는 과욕이 화를 부른 것 같았다.

'그나저나 정말 혼자 가야 하나……. 쩝!'

*　　*　　*

"송 형사, 김 형사는 황병철이 계속 주시하고 다른 사람들은 맡은 일 서둘러 매듭짓고 아침에 지시한대로 전부 매달려야 해.”

“예, 알겠습니다. 그런데 갑자기 웬 필리핀 출장입니까? 반장님 영어도 돼요?”

열흘이나 자리를 비워야 하기 때문에 부하들에게 업무지시를 내렸다. 뭐 특별히 지시하지 않아도 어련히 잘 알아서 하겠느냐만 유세는 떨고 가야 하지 않겠냐? 어찌 되었든 해외 출장이니 말이다. 그랬더니 이런 식으로 딴죽을 걸고 나온다.

“송 형사 몰랐어? 나 원어민 수준이야.”

“정말요?”

“에이, 설마…….”

혹시나 하면서도 감탄과 부러운 기색이 얼굴에 나타난다. 흐흐, 지난번 춘자가 왔을 때 내 일본어 실력을 봤으니 긴가민가할 수밖에.

“자, 자! 쓸데없는 소린 그만하고 돌아와서 체크할 거야. 땡땡이는 적당히. 알았지?”

“옙! 반장님. 올 때 선물이나 잊지 마십시오.”

“그 동네 위험하다는데 몸조심하시고요. 흐흐, 아랫도리도 말입니다.”

“사람들도 참! 어서 퇴근이나 해.”

“예, 반장님. 잘 다녀오십시오.”

“하하, 부럽습니다. 잘 다녀오세요.”

말단 경찰이 해외출장을 갈 일이 뭐가 있겠냐? 부하들은 내가 놀러가는 걸로 알고 있다. 군대로 치면 포상휴가쯤으로 말이다.

뭐, 공직자의 경우 해외출장이라고 쓰고 해외여행이라고 읽으니 부하들을 탓할 수는 없다. 사실 나도 과욕을 부리지만 않았다면 그럴 생각이었으니까 말이다.

부하들을 퇴근시킨 후, 민정이에게 신호를 보내며 일어섰다. 먼저 나가 주차장에서 기다리겠다는 뜻이다. 신차에서 기다리면서 담배를 피우고 있는데 차창을 두드리는 소리가 들렸다.

툭툭.

민정이 창문 너머로 한심하다는 표정으로 쳐다보고 있다.

“어! 왔어.”

“대갑 씨! 새 차에서 담배를 피우면 좋아?”

얼른 담배를 끄고 내려 조수석의 차 문을 열어줬다. 지프가 다 좋은데 여자들이 타기가 좀 불편한 것이 단점이다. 그래도 우월한 기럭지의 소유자인 민정은 어렵지 않게 올라탔다.

“하하, 밖에서 피우기도 좀 그렇고… 뭐, 어차피 피울 건데 뭘…….”

“대갑 씨는 담배 끊을 생각은 전혀 없어?”

"하하하! 그건 좀 그렇다."

난 전혀 없다. 어느 정도냐면, 음……! 그녀와 담배 둘 중의 하나를 선택하라고 하면 진지하게 고민을 해야 할 정도였다. 그래도 민정이가 있을 땐 피우지 않을 생각이다. 민정도 한 번 담배에 대해 진지한 대화가 있어 기를 쓰고 말리지는 않는다.

어쨌든 우리 둘 사이에 아무 도움이 되지 않는 화제는 돌리는 게 좋다.

"어디 갈래?"

"아직 아무도 태우지 않았지?"

"그럼 누구 분부라고."

"괜찮겠어? 대갑 씨 시간 없잖아?"

"괜찮아. 나한테 민정이보다 중요한 게 있을 리 없잖아?"

"아이! 그래도 아침 일찍 공항 가야 하잖아."

참! 나도 이젠 잘도 이런 말을 자연스럽게 뱉어낸다. 얼굴 하나 붉히지 않고 말이다. 대신 민정의 얼굴이 발그레해졌다. 이렇게 효과가 좋으니 쪽팔려도 하지 않을 수도 없다.

사실 시간도 없고 그녀의 말도 있어 차는 그녀가 사는 오피스텔로 향했다. 같은 오피스텔이라도 나와 그녀가 사는 강남의 오피스텔은 천양지차다. 대검찰청에서 가까운 곳이라 10분도 되지 않아 도착했다.

"이럴 땐 이사 온 것도 별로 좋지 않네. 대갑 씨, 들어와서 커피 한잔하고 가."

"좋지."

아기자기하게 꾸며놓은 거실에서 커피 한 잔을 놓고 나란히 앉았다. 아직 2루까지는 진도를 빼지 못해 이 정도로 만족한다.

"근데 대갑 씨, 갑자기 웬 출장이래?"

"글쎄, 그동안 열심히 일했다고 포상휴가 주는 거 아닐까?"

민정이 이해되지 않는다는 듯 고개를 갸웃하며 물었다. 아직 그녀 정도의 평검사는 모르는 일인 것 같다. 별로 유쾌한 얘기도 아닌데 구태여 말할 필요는 없어 두루뭉술 둘러댔다.

"그런가. 수사대 해체하기 전에 위로휴가 같은 거. 사실 밀레니엄수사대에서 대갑 씨 공이 제일 크니까 그럴 만도 하네."

"호호, 그건 그렇지. 내가 좀 뛰어나긴 하지."

"에구! 또 잘난 체. 호호, 그래도 뭐, 아주 틀린 말은 아니니까. 나도 같이 갔으면 좋겠다!"

민정이 아주 위험하지만 바람직한 발언을 했다. 사귀는 젊은 남녀 둘이 해외여행이라……. 참 많은 기대를 하게 한다. 쩝! 하지만 현실은…….

"다음에 휴가 받아서 같이 가자? 필리핀 말고 아메리카나
유럽으로."

"그럴까?"

"그래, 잘 생각해 봐. 좋은 곳 있으면 알아보고."

"호호, 알았어. 조심해서 다녀와. 이상한데 가지 말고."

"내가 태국 가냐? 필리핀 가지. 그리고 엄연한 출장이야,
출장."

"호호, 아무튼."

그녀와 별 영양가 없는 대화를 나누다 집으로 돌아왔다. 집
에서 뒹굴고 있는 혜리가 출장준비를 하는 날 보며 물었다.

"오빠, 어디가?"

"응."

"어디 가는데?"

"필리핀."

"엑! 필리핀!"

단답형의 대화가 오고 가던 중에 커다란 리액션이 나왔다.
혜리가 팔을 잡아끌며 질문 포화를 열었다.

"왜? 언제? 누구랑? 며칠간?"

"출장. 내일. 혼자. 열흘간."

승자의 미소를 보이며 하나하나 대답해 주었다. 출장이라
는 말에 혜리가 흠칫하는 걸로 보아 아마도 여행이었으면 따

라가겠다고 조를 생각이었던 것 같았다.

"히잉~! 나 혼자 열흘이나 있으라고?"

"야, 구혜리. 내가 알기로 너 혼자 산 경험이 10년은 넘는 걸로 알고 있다만."

"오빠, 나 따라가면… 안 되겠지?"

"응."

"쳇! 누군 해외여행 한 번 안 가봤나. 치사하게 유세는……. 치사해서 안 따라갈 테니까 선물이나 사와."

"그래, 공부 열심히 하면서 얌전히 기다리고 있겠다면 한 번 생각해 보지."

마지막까지 혜리의 염장을 지르며 짐 정리를 끝냈다. 열흘간의 해외여행이라고 해도 막상 챙긴 것은 속옷과 세면도구가 전부였다. 필요하면 가서 사면 되지, 남자가 창피하게 바리바리 싸들고 다닐 수 없다는 게 내 생각이다.

*　　*　　*

째애애액—

시끌시끌. 웅성웅성. 쏴알라쏴알라.

마닐라 국제공항에 도착했다. 결국 혜리의 배웅을 받으며 혼자 왔다. 무려 네 시간이나 좁은 좌석에서 앉아 날아왔더니 온몸이 뻐근하다. 다행히 날씨가 따뜻해 조금 위안이 된다.

입국 심사대를 빠져나와 주위를 두리번거리며 피켓을 찾았다.

'마중 나온다고 했는데…….'

하 본부장은 이동훈이 이용한 여행사를 통해 숙소도 같은 호텔로 예약했다. 여행사에서는 목적이 카지노라고 하자 한국인 에이전시를 소개시켜 준다고 한다. 에이전시를 통하면 숙박료, 항공권이 공짜고 관광가이드도 한다고 한다.

그런 걸 여행사 직원이 손님에게 권한다. 이놈도 에이전시한테 뒷돈 받아먹는 놈인 것 같다. 그래도 일단 믿을 수 있냐고 물었더니 걱정 말란다. 하지만 그런 놈의 말을 믿을 놈이 누가 있겠냐?

그래서 현지인 가이드도 한 명 소개시켜 달라고 했다. 그랬더니 택시 운전사 하나를 소개시켜 준다. 오랜 거래로 믿을 만한 사람이고 한국어도 대충하니까 필요하면 부르라고 했다.

일단 첫날은 현지인 가이드를 만나기로 했다. 그가 기다리고 있을 거다. 두리번거리다 피켓을 쳐들고 나를 유심히 쳐다보는 사람이 눈에 띄었다.

그런데 인상이 딱 범죄자다. 내 얼굴도 남 말할 처지는 아니지만 이건 해도 너무한다는 생각이다. 택시기사든 안내원이든 서비스업 아니냐? 서비스업에는 인상이 아주 중요하다. 배달의 기수가 초반에 고전한 이유도 인상 때문이었으니까 말이다.

그리고 인상 더러운 현지인 옆에는 한국 사람처럼 보이는 사기꾼 하나가 서 있다. 일단 난 외국에서 한국 사람을 만나면 사기꾼으로 규정하고 본다. 아니면 미안한 거고 말이다.

'설마 저자가……?'

"미스터 한!"

범죄자로 보이는 원주민이 든 피켓에 한글로 내 이름이 쓰여 있어 혹시나 했지만 역시였다. 안 좋은 예감은 특히 더 정확한 법이다. 그래도 호텔에 가려면 어쩌겠냐? 그리고 내가 인상에 쫄 사람도 아니고 말이다. 명색이 대한민국 경찰 아니냐? 폴리스!

이름이 바트라고 했으니까 물어봐야겠다. 영어로 말이다.

"하이! 바트?"

"오우! 미스터 한, 잉글리쉬 베리 굿! 그래도 바트 한국어 한다. 한국말로 해라."

'지랄! 어떤 새끼인지 먼저 존댓말을 가르쳐야지…….'

왜 외국어를 배우면 항상 반말부터 배우는지 모르겠다. 무조건 존댓말 가르치고 반말은 알아서 배우도록 하면 될 텐데 말이다. 난 처음에 일본에서 열 살 먹은 애새끼한테도 데스,

마스(~습니다, 입니다) 했는데 말이다.

"호텔로 고우!"

"오케이, 오케이! 따라와!"

바트는 짐 받아줄 생각도 하지 않고 휙 돌아서 성큼성큼 앞장서서 간다. 할 수 없이 백을 밀며 뒤를 따라가려는 데 옆에 있는 한국인처럼 보이는 사기꾼이 활짝 웃으며 말을 건넨다.

"안녕하십니까, 한 사장님!"

"뉘쇼?"

까칠한 대꾸에 사기꾼이 어색한 웃음을 지으며 대답했다.

"하하하! 제가 대박에이전시의 제임스 권입니다."

"아아! 내일 보기로 하지 않았소? 난 오늘은 그냥 호텔에서 쉴 생각인데?"

"호텔은 어디?"

"하얏트 호텔인데 뭐, 잘못됐소?"

"하하, 아닙니다. 미리 연락주시면 저희가 잡아드렸을 텐데 말입니다. 그럼 일단 호텔로 가시죠."

"그럽시다."

권이라는 사기꾼과 호텔 현관으로 나갔다. 바트가 택시기사는 맞는지 세워진 택시에 덜렁 올라타 나보고 타라고 한다.

"미스터 한, 타라!"

이 자식 생긴 대로 서비스업에는 정말 안 어울린다. 확 뒤

통수라도 한 대 갈겨주고 싶다.

"하아! 여기 애들 원래 저렇소?"

"하하, 좀 그렇습니다. 저희가 안내해 드릴까요?"

"뭐, 내일부터 부탁합시다."

"알겠습니다. 내일 호텔로 모시러 가겠습니다."

권이라는 사기꾼과 인사를 마치고 차가운 시선으로 바트를 쏘아봤다.

그리고?

뭐, 그냥 탔다. 여기서 화내봐야 내 손해 아니냐? 거기다 알다시피 난 비밀임무 중이다. 소란 피워 좋을 것 하나 없다.

"미스터 한, 한국 사람 조심해라!"

차가 출발하자 바트가 은근한 목소리로 말을 건넸다. '난 네가 더 위험해 보여!' 라고 하고 싶었지만 참았다. 그리고 왜 그런지 물었다.

"왜?"

"갱보다 나쁜 놈들 많다. 조심해라."

"알았다. 아무튼 고맙다."

피식 웃으며 말하자 바트는 내가 기분이 좋아 보이는지 눈을 찡긋하며 물었다.

"미스터 한, 밤에 어디 가냐?"

"카지노."

"이건 필요없냐?"

바트가 만국 공통어인 새끼손가락을 세우며 묻는다. 혼자 온 남자 관광객이 그걸 거절해도 이상한 거다.

"나중에. 돈 따면."

"하하, 이거 받아라!"

"야! 앞에 봐!"

빠앙—! 빵!

"아! 쏘리, 쏘리!"

하아! 죽을 뻔했다. 이 새끼 운전하다 말고 뒤를 돌아보고 명함을 건넨다. 입으로는 미안하다고 하는데 전혀 미안한 표정이 아니다.

아! 이래서 후진국에는 관광 가는 거 아닌데. 사실 놀고 싸러 가는 거 아니면 후진국 여행은 권하고 싶지 않다. 여행에서 뭔가 하나라도 건지려면 선진국에, 아니, 최소한 자기 나라보다는 잘사는 나라로 가야 한다. 그래야 눈이라도 뜨이지… 못 사는 나라 가서 으스대 봐야 제 얼굴에 침 뱉기다.

아무튼 죽음의 위기를 한 번 넘기고 하얏트 호텔에 도착했다. 바트는 나중에 필요하면 부른다고 하고 돌려보냈다. 특급 호텔이라 시설은 훌륭해 마음에 들었다. 일단 옷장 안에 있는 금고에 현찰과 여권을 보관하고 샤워를 하고 나왔다.

최소한 우리나라 정도의 치안만 유지되어도 여행을 가면

관광에만 집중할 수 있다. 그런데 이런 곳에 오면 내 지갑, 내 목숨도 신경 써야 해서 제대로 된 여행을 할 수 없다. 그러니 돈 좀 더 들어도 좋은 데로 가라. 여행 잘못 가서 몸 버리고 돈 버려서야 되겠냐?

갈증을 풀 생각으로 냉장고에서 커피를 꺼내 들고 소파에 앉아 담배를 피워 물었다. 이제 필리핀에 도착했으니 지금부터는 이동훈 일병 구하기 작전을 짜야 했다. 그런데 어디서부터 시작을 해야 좋을지 몰라 답답하기만 하다. 그렇다고 여기 저기 탐문 수사를 할 수도 없고 말이다.

왜?

쩝! 여기 경찰이나 범인들에게 들통 나는 건 둘째 치고서 우선 말이 안 된다. 영어와 따갈로근가를 쓴다고 하는데 어차피 내겐 영어나 따갈로그나 모르기는 같은 말이다.

'일단 돈 냄새를 풍겨야 하겠지?

똥이 있어야 똥파리가 꼬이는 법이니까 말이다. 그런데 카지노에서 1만 달러가지고 제대로 행색이나 할 수 있을지 모르겠다. 한국이나 일본이라면 턱도 없는 금액이다. 한 판에 그보다 더한 돈이 걸리는 도박이 부지기수니까 말이다.

'뭐, 어떻게든 되겠지.'

일단 조금 쉬고 나서 어둠이 깔리면 움직일 생각이다. 역사는 밤에 이루어지니까 말이다.

몇 시간 비행기를 탔다고 피곤했는지 금방 잠이 들었다. 그리고 눈을 떠 보니 창밖에는 짙은 어둠이 깔렸다. 야경을 바라보는 것도 좋지만 난 행동파라 야경에 뛰어드는 것을 더 좋아한다.

아까 받은 명함을 꺼내 들고 전화를 걸었다. 인상 더러운 현지인 택시기사 말이다.

"바트? 나 코리안 한, 유 노우?"

"오우! 미스터 한, 그냥 한국말로 해라. 무슨 일 있어?"

'아오! 이 새끼, 민증 까자고 할 수도 없고……'

꼬박꼬박 반말을 지껄이는 것도 그렇고 은근히 영어 못한다고 비웃는 듯한 어투도 맘에 들지 않는다. 그래도 사기꾼 같은 한국 안내원보다는 훨씬 나았다.

"카지노에 고우? 마닐라에서 제일 큰 카지노에 데려다 줘."

"오케이! 몇 호실이야?"

봉 잡았다는 목소리다. 이 자식 틀림없이 호구 하나 물었다고 생각할 거다.

"도착하려면 얼마나 걸려? 로비에서 만나자."

"오케이! 지금 바로 간다."

하와이는 아니지만 나도 혜리가 넣어준 알록달록한 남방을 꺼내 입고 로비로 내려왔다. 그런데 곧 온다는 자식이 한

시간이 걸려서야 미안하지도 않은지 어슬렁거리며 나타났
다.

"미스터 한! 쏘리! 길이 막혔다."

"어휴! 이 새… 됐다. 어서 가자!"

길 막힌다는 변명은 만국 공통인 것 같다. 그런데 밖으로
나가보니 정말로 혼잡하다.

'아! 필리핀도 인구가 1억이 넘지…….'

아무리 못사는 나라를 가도 카지노만큼은 으리으리하다.
필리핀이라고 예외는 아니다. 바트는 하리티제라는 카지노
에 날 내려놓고는 많이 따서 여자 부르라고 하며 사라졌다.

'새끼, 따기는…….'

알다시피 난 도박 운은 전혀 없다. 내가 도박을 하게 되면
완전 호갱이님이 되는 거다. 화려한 카지노 입구를 천천히 둘
러보며 안으로 들어갔다.

입구서부터 빨간 카펫에 천정에는 카메라가 숨겨 있는 샹
들리에 하늘거리는 드레스의 여종업원까지 얼뜨기들 돈 빼먹
을 준비는 완벽하게 갖춰놓고 있었다.

웅성웅성. 와글와글.

철컥. 짜르륵.

슬러트 머신이 돌아가는 소리. 환호와 탄식이 어울려진 익
숙한 소리들이 들려왔다. 룰렛, 블랙잭, 바카라 테이블을 돌

며 고민에 잠겼다.

'쩝! 어떻게 해야 돈 많다고 소문을 내지?'

내가 고민하는 이유는 딱 하나다. 앞에서도 말했듯이 운 하나로 먹고 사는 나지만 도박에는 젬병 아니냐? 짜고 치는 고스톱이 아니라면 100%의 확률로 돈을 잃는다.

그러니 섣불리 테이블에 앉았다가는 돈지랄은커녕 거지가 되기 쉽다. 내 돈도 아니고 공금 비스무리한 돈인데 허망하게 날릴 수는 없다. 잃어도 뽀대 나게 잃어야 되지 않겠나?

그런데 어렵게 고민할 필요가 없었다. 주위를 둘러보니 한국인 거지들이 많이 있지 않은가. 사실 이거 국제적인 망신이다. 필리핀까지 와서 카지노 앵벌이 하는 걸 보면 말이다.

THE
PUNISHER
Chapter 03
이동훈 검사 구하기

'쯧쯧!'

혀를 차며 한국인으로 짐작되는 앵벌이들을 살폈다. 하나같이 멀쩡한 꼬락서닌데 하는 짓이라곤……. 이런 국제 거지들 말고도 카지노에는 한국인으로 보이는 사람들이 꽤 많았다.

그들을 이용하기 위해 일단 1만 달러를 칩으로 바꿨다. 그러고 나서 40만 페소에 해당하는 칩을 들고 카지노를 한 바퀴 돌았다. 척 봐도 한국인으로 보이니 아니나 다를까, 한국인 칩 거지들이 몰려들었다.

─한국분이십니까?

─사장님, 물 좋은 곳 있습니다.

─혼자 오셨습니까?

말을 걸며 접근해 오는 한국 거지들의 시선은 모두 칩을 향해 있었다.

이 사람들도 처음부터 저러진 않았을 거라는 생각이 들었다. 한국에 가면 여우 같은 마누라에 토끼 같은 자식들이 있을 텐데 한순간 발을 잘못 들여 패가망신에 몸까지 고달파 진 거다.

그렇다고 이런 인간들을 동정해서는 안 된다. 마약과 도박은 자신뿐만 아니라 주변사람에게까지 피해를 주기 때문이다. '그래도 같은 사람인데'라는 얄팍한 동정심은 이들에게는 비웃음만 산다. 그리고 이들은 진정한 사람이라고 볼 수도 없다. 마누라에 자식까지 파는 사람도 사람이라고 볼 수 있다면 모르지만 말이다.

설마?

도박이나 마약에는 설마가 없다. 자금을 마련하기 위해서라면 무슨 짓이든 하는 사람이 도박, 마약 중독자의 공통점이다. 거의 정치꾼 수준이라고 보면 된다.

아무튼 난 그중에서 아직 이 생활이 얼마 되지 않았는지 조금 떨어진 곳에서 쭈뼛거리며 눈치를 보고 있는 사내를 불렀다.

"형씨! 잠깐 나 좀 봅시다."

"옙! 사장님. 무엇을 도와드릴까요?"

접근하기는 망설였지만 이쪽에서 부르자 언제 그랬냐는 듯 냉큼 달려와 손을 비빈다.

"우리 한잔하면서 얘기 좀 합시다."

"감사합니다, 사장님! 제가 안내하겠습니다."

사내는 앞장서 바로 향했다. 그러면서도 내가 따라오는지 뒤를 힐끔거린다. 내가 물주니까 말이다. 그의 불안감을 덜어주기 위해 손을 내밀며 말을 걸었다.

"이름이 뭐요? 난 한대갑이요. 이렇게 만난 것도 인연인데 반갑수다."

"이한굽니다."

이한구가 쭈뼛거리며 내가 내민 손을 마주 잡는다. 바를 가리키며 물었다.

"뭐 마시겠소?"

"전 맥주나……."

"알아서 시키쇼."

"예, 사장님."

맥주가 나와 건배를 하고 친근한 목소리로 말을 건넸다.

"이곳에 온 지는 얼마나 됐수?"

"…5년 정도 됐습니다."

내 질문에 경계하는 빛이 역력했지만 빤히 쳐다보자 어쩔 수 없다는 듯이 대답한다.

"쩝! 뭐 사정이야 안 들어도 알 만하니 더 이상 묻진 않겠소. 대신 한 가지만 물어봅시다."

"…뭡니까?"

"내가 한국에서 소개받은 에이전시를 만났는데 그놈이 꼭 사기꾼처럼 생기지 않았소? 뭐, 얼굴만 보고 판단하는 것이 조금 그렇지만 그래도 믿음이 안 가는 걸 어떡하오? 한국에서 들은 말도 있고 말이오. 그래서 말인데 에이전시들을 믿을 만하오? 워낙 험한 세상이니 걱정이 돼서 묻는 말이오."

이한구의 눈알이 쿼드코어 컴퓨터 돌아가듯 팽팽 돌아가고 있었다. 그렇게 잔머리를 굴리다 과부하로 덜컥 멈춰 버리지나 않을지 모르겠다. 그 잔머리의 대부분이 내겐 안 좋은 쪽이 뻔할 거다.

팽글팽글 돌아가던 눈알이 겨우 멈추고 이한구의 입이 열렸다.

"혹시 인터넷으로 접촉하셨습니까?"

"그건 아니고 여행사 직원이 알려줍디다. 그런데 여행사에 정식 가이드를 소개주지 않고 에이전시를 이용하면 더 싸다고 하니 더 믿을 수가 없어서……."

　말꼬리를 흐리며 이한구의 기색을 살폈다. 이한구는 내 말이 맞는다는 듯 고개를 끄덕이며 진지한 표정으로 들으며 추임새를 넣는다.

　"사장님 말씀이 맞습니다. 에이전시들이 문제가 있는 것도 사실이고 말입니다. 그런데 혹시 무슨 일을 하시는지……?"

　"뭐, 사실 이런 말하기는 뭐하지만 난 공무원이요."

　깜짝 놀란 얼굴이다. 하긴 공무원은 차분하고 샌님 같은 이미질 테니 내 얼굴과는 쉽게 매치가 되지 않을 거다. 하지만 공무원에도 여러 종류가 있고, 우리 분야에서는 나름 잘 어울리는 외모기 때문에 난 당당하다.

　그래도 이한구는 자신이 실례했다고 생각했는지 얼굴을 붉히며 사과한다.

　"예? …하하, 죄송합니다. 전혀 그렇게 보이지 않아서 그만."

　"상관없소. 다들 그러니까. 그래서 말인데 여긴 한국 사람도 많고 어디 조용하고 파리들 안 꼬이는 데 없소? 아! 이렇게 아니라 우리 여기서 나갑시다. 이런데 말고 어디 괜찮은 곳에 가서 술 한잔하며 대화를 나누는 것이 좋겠소."

　"그냥 가시게요?"

　이한구는 내 손에 들린 칩을 보며 아쉽다는 듯이 묻는다. 도박 중독자의 우선순위는 도박이지, 술이나 여자는 그다음이다. 내가 그냥 나가자고 해서 서운해 하는 거다. 자기 칩도 아니면서 말이다.

"한 열흘 있을 생각이고 오늘 도착했는데 뭐가 그리 급하겠소. 난 도박꾼도 아니고 그냥 겸사겸사 즐기러 온 거요. 카지노야 내일부터 해도 되고……. 왜? 이 형은 생각 없소? 쩝! 그럼 할 수 없이 다른 사람을 찾아봐야겠네."

"아, 아닙니다. 제가 정말 괜찮은 곳으로 안내하겠습니다."

"하하! 고맙소, 이 형! 이거 혼자 여행을 오니 불편한 게 한두 가지가 아니었는데……. 쩝! 다음에는 마누라라도 데리고 와야 할 것 같소."

"하하, 그것도 좋죠. 하지만 또 이렇게 혼자 다니는 것도 색다른 재미가 있는 법 아닙니까?"

칩을 환전해 나오는 동안에도 이한구는 영 미련을 버리지 못하고 카지노 홀에 뜨거운 시선을 던지고 있다. 저건 병이다 병. 그 무엇으로도 고칠 수 없는 지독한 병이다.

*　　*　　*

이한구의 안내로 한국의 룸살롱 같은 곳에 가서 시답지 않은 대화를 나눴다. 은근히 재력을 과시하며 말이다. 헤어질 때 이한구에게는 필리핀 여자를 한 명 붙여주고 호텔로 돌아왔다.

"난 한국이나 일본, 중국 여자가 좋은데……. 쩝!"

아쉬운 표정으로 지나가는 말을 한마디 던지고 말이다.

왜?

당연하지 않냐? 같이 즐기지 않으면 의심할 테니 말이다. 솔직히 같이 즐겨도 되지만 동남아시아계는 내 취향이 아니다. 그러니 어쩔 수 없지 않냐? 또 저렇게 말해 놓으면 어디선가 한국 여자를 구해서 연락을 할 테고 말이다.

툭.

"아! 실례했습니다."

이한구와 헤어져 머물고 있는 호텔로 들어서는데 마침 나오는 사내와 어깨를 부딪쳤다. 언뜻 보아도 동양인 그것도 한국 사람이다. 사내는 즉시 가볍게 고개를 숙이며 사과하는데 한국말이다.

지잉—

크! 오랜만에 감이 왔다. 육감이 지랄하는 소리 말이다.

"아, 예."

"아! 한국분이시군요! 반갑습니다. 저도 한국에서 왔습니다."

누가 물어봤냐고? 친절하기도 한 한국인이다. 외국에서 친한 척하는 한국인은 전부 사기꾼이라고 보면 된다. 원래 국민성이 친절하지 않은데 그러니까 더 표가 난다. 그래도 난 당해야 하는 입장이니 순진한 한국인 역할을 충실히 할 생각이다.

"오! 그래요. 관광? 카지노? 하하, 전 겸사겸사 왔습니다."

"하하, 저도 그렇습니다. 전 이명박이라고 합니다. 그런데… 혼자?"

"오오! 아주 유명하신 분하고 이름이 같네요? 전 한대갑입니다. 예, 어떻게 혼자 오게 됐는데 많이 심심하네요."

사기꾼이 이름까지 이명박이라니, 미래에서 온 내게 사기를 치기는 애당초 글렀다. 놈은 모르겠지만 말이다. 지금쯤은 같은 이름을 가진 어떤 사내는 서울 시내에 땅굴 파면서 부지런히 돈을 긁어모으고 있겠지.

"아, 그래요. 전 친구와 둘이 왔거든요. 둘보다는 셋이 났지 않겠습니까? 오늘 저희와 함께 어울리는 건 어떻습니까? 제가 필리핀에 자주 들락거리는 편이라 아는 곳이 제법 됩니다."

"흐음… 그럴까요? 혹시 초면에 실례가 되는 건 아닌지?"

"아닙니다, 제 친구도 환영할 겁니다. 로비로 부를 테니 잠깐 기다리고 계십시오."

이명박이 친구에게 전화를 하는 동안 할 일도 없어 호텔 로비에 멍하니 앉아 있었다.

원래 프로는 타깃을 이렇게 혼자 두는 것이 아니다. 쉴 새 없이 말을 걸어 정신 차릴 여유를 주지 않는 것이 진정한 프로의 솜씨다. 그런 면에서 볼 때 이놈은 아직 멀었다.

일행은 가까운 곳에서 대기하고 있었는지 친구라는 자가 바로 달려왔다.

"이분은 한대갑 씨라고 혼자 오셨다네. 이 친구는 조현오라고 합니다."

"반갑습니다, 조현옵니다."

"한대갑입니다. 잘 부탁합니다."

인사를 나누고 나자 이명박이 너스레를 떨며 밖으로 나가자고 한다.

"여기서 이렇게 아니라 자리를 옮기시죠. 필리핀까지 왔는데 남자들끼리만 있으니 보기도 좋지 않고 말입니다. 좋은 곳으로 안내할 테니 오늘 밤은 기대해도 좋을 겁니다."

나야 당연히 기대만발이다. 제발 이놈이 날 실망시키지 않았으면 좋겠다. 이놈들이 아니면 다시 이 짓을 해야 하는데 그건 피곤해서 절대 사양이다. 그냥 이놈들이 이동훈을 납치한 범인이기만을 바랐다.

"뭐, 저야, 두 분만 믿겠습니다."

놈들은 택시를 잡아 나를 태우고 어디론가 데려갔다. 우리가 내린 곳은 네온이 휘황찬란한 클럽이었다. 아마도 이곳에서 술에 취하게 할 생각인 듯했다.

"하하, 이곳이 필리핀에서 물이 가장 좋은 클럽입니다."

"호오! 그래요?"

기대된다는 표정으로 놈들의 비위를 맞춰주었다. 원래 동남아계는 취향이 아닌 내게 아무리 물이 좋아봐야 그게 그거다. 하지만 어느 정도는 분위기에 맞춰줄 생각이다.

클럽이라고 해서 춤을 추고 노는 나이트클럽을 예상했는데 우리나라 룸살롱 같은 곳이었다. 룸으로 안내되자마자 아가씨들이 우르르 들어와 우리의 간택을 기다렸다.

"와우! 정말 물이 좋군요!"

"하하하, 한 선생님 마음에 드는 아가씨가 있으면 얼마든지 선택하십시오. 그리고 오늘 술값은 저희가 계산할 테니 아무 부담도 갖지 않으셨으면 합니다."

어차피 내가 술에 취해 쓰러지면 내 주머니에서 나갈 것이 분명했다. 쓰러진 놈은 말이 없는 법이니까 말이다. 그래서 놈들이 호기를 부리는 거다.

"하하, 괜찮겠습니까? 전 그냥 더치페이도 괜찮은데……."

"하하하! 한 선생님, 술자리에서 술값 계산하며 마시면 흥이 덜한 법입니다. 저희도 그 정도 여력은 있으니 아무 염려마시고 아가씨나 먼저 고르십시오."

"뭐, 정 그러시다면… 난 이 아가씨와 저 아가씨로 하겠습니다."

　난 못이기는 척하고 그중 제일 나아 보이는 두 명을 선택했
다.

　"하하, 한 선생님이 보기보다 눈이 높으시군요. 제일 미인
두 명을 고르는 것을 보면 말입니다."

　조현오가 아쉬운 듯 입맛을 다시며 분위기를 띄웠다. 그리
고 두 놈도 각각 두 명의 아가씨를 선택해 옆에 꿰고 앉았다.
그때부터 우리 셋은 개가 되어 부어라 따라라 하며 술을 마셨
다.

　그 와중에도 놈들은 교묘하게 나를 집중공략했다. 하지만
내가 보통 술통인가? 오히려 술을 마시는 척하던 놈들이 취기
가 올랐나 보다. 내가 화장실을 가려고 일어서자 서로 눈빛을
교환하는 것이 무언가를 꾸미고 있는 듯했다.

　아무것도 모르는 척 화장실에서 돌아오자 놈들이 다시 술
잔을 들어 건배를 제의한다.

　"하하하, 한 선생님. 이렇게 외국에까지 나와서 만난 것도
인연인데 한 잔 쭈욱 드시고 저도 한 잔 주십시오."

　"하하, 좋습니다. 자 건배!"

　꿀꺽꿀꺽! 탁.

　"카아~! 자, 이 형도 제 잔 한 잔 받아요."

　"하하, 좋습니다."

내가 비운 술잔을 이명박에게 건네고 잔을 채웠다. 그러자 조현오가 다시 내게 잔을 권했다.

"하하, 제 잔도 받으셔야죠?"

"좋습니다. 오늘 한 번 죽어봅시다."

호기롭게 잔을 들어 원 샷을 외쳤다.

"자, 원 샷!"

"원 샷!"

꿀꺽꿀꺽! 탁.

잔을 비우고 조현오에게 술을 따르려는데 갑자기 사물이 휘청거리며 휘어지기 시작하며 어질어질 정신을 차릴 수가 없었다. 비틀거리다가 결국 테이블에 쓰러지고 말았다.

'이 새끼들이 역시 약을……'

부우웅─ 덜컹덜컹.

몸이 흔들리고 찬바람이 얼굴에 부딪쳐 정신이 들었다. 슬 며시 눈을 뜨니 지프의 뒷좌석이다. 지프는 비포장도로를 질 주하고 있었다.

하지만 바로 깨어났다는 내색을 하진 않았다. 대충 돌아가 는 상황을 짐작했기 때문이다. 슬쩍 손발을 움직여 보니 묶여 있지도 않았다. 놈들이 내게 먹인 약의 효과를 과신하고 있는 듯했다.

약이 독하기는 해도 아마 내가 정신을 잃자 몸속에 있는 백호의 기운이 해독을 했을 것이다. 그래서 일어날 수 없는 지금 깨어난 것이고 말이다.

어차피 이 수순을 기대하고 있던 난 그대로 지켜볼 생각이다. 호랑이를 잡으려면 호랑이 굴로 들어가야 하니까 말이다. 가는 동안에 조금이라도 쉴 생각으로 다시 눈을 감았다.

부우웅― 끼이익―

덜컹.

차가 멈춰 서며 몸이 흔들려 눈을 떴다.

'응? 도착했나 보군.'

일단은 어딘가에 가둘 테니 놈들이 하는 대로 몸을 맡길 생각이다. 정말 내가 운빨이 좋은 놈이라면 이동훈이나 여자가 있는 곳에 갇힐 수도 있으니까 말이다. 설마 그렇게 운이 좋겠냐마는…….

"조형! 일단 놈을 창고로 옮겨놓고 잘 묶어놔. 작업은 내일 하자고."

"오케이! 어떻게 된 새끼가 술이 그렇게 세. 하마터면 내가 먼저 쓰러질 뻔했다니까."

"글쎄 말이야. 아우! 나도 취해서 오늘은 일단 자야겠어."

"그러자고. 그나저나 현찰은 얼마나 있었어? 끙차! 왜 이렇게 무거워!"

조현오가 내 몸을 들쳐 메면서 투덜거렸다. 원래 정신을 잃은 사람은 무거운 법이다. 그래서 조금 힘 좀 주고 있었다.

"미국 달러로 900 정도 가지고 있더군."

"끙! 설마 개털은 아니겠지?"

"옷 입은 걸로 봐선 돈 푼깨나 만지겠더라고. 다 명품이야."

"흐흐흐, 그래야지."

맞다. 내가 입은 옷은 여행갈 때 입으라고 민정이 선물해 준 옷으로 다 명품이다. 팬티까지. 놈들 얘기를 들어보니 입길 잘했다는 생각이 들었다. 후줄근한 옷을 입고 있었다면 놈들이 작업을 시도하지도 않았을 거다. 참 납치를 당하려도 돈이 있어야 하는 더러운 세상이다.

저벅저벅.

털썩.

조현오는 날 창고로 데려가 거칠게 내려놓았다. 내가 마신 약이 꽤 센 것이었나 보다. 아니면 이제 깨어나도 상관없다고 생각하고 있든지.

부스럭부스럭.

놈이 창고 구석에 있는 로프를 들고 와 날 묶었다. 이때 놈을 제압을 할까 망설였으나 조금 더 두고 보기로 했다. 그 대신 풀기 쉽게 틈을 만들어 두었다. 술에 취한 조현오는 내가 뒤척거려도 별 상관하지 않고 어설프게 묶었다. 묶은 꼴을 보니 마음만 먹으면 풀 수 있을 정도였다.

끼이익. 탁.

저벅저벅. 저벅저벅…….

나를 묶고 난 후 창고 문이 닫히는 소리가 들렸고 놈의 발걸음 소리가 차츰 멀어졌다. 이제 내가 움직여야 할 때였다. 눈을 뜨고 주위를 살폈지만 창고 안이 어두워서 잘 보이지 않았다. 안력을 집중하자 사물이 눈에 들어오기 시작했다.

창고라고는 해도 별다른 도구는 눈에 띄지 않았다. 낡은 농기구 몇 개가 전부였다. 기대를 했던 이동훈이나 여자는 없었다.

'그렇지 내 운이 아무리 좋다고 해도 외국에 나와서까지야……. 이럴 줄 알았으면 그냥 처음에 제압하는 건데… 쩝!'

투두둑.

로프가 썩었는지 틈을 벌리며 몸에 힘을 주자 풀고 자시고 할 것 없이 그대로 끊어졌다. 잠시 창고에 앉아 담배를 피우며 놈들이 잠들기를 기다렸다. 술에 취한 상태라 곧 깊은 잠에 빠져들 것이다.

대략 한 시간 정도 흐른 후에 일어나 창고 문을 열어봤다.

끼이익—

'하아— 이 자식들 문도 안 잠갔네? 정말 납치의 기본이 안 되어 있는 놈들이군.'

놈들의 방심 덕에 전혀 힘들이지 않고 창고를 빠져나올 수 있었다. 손에는 나를 묶었던 로프가 돌돌 말려져 들려 있었다.

창고 밖으로 나와 보니 놈들의 집 주변은 아무것도 없는 산 밑의 허허벌판이었다. 별장으로 지은 건물인지 달랑 단층 양옥이 있고 내가 나온 창고는 별도로 지은 건물이다. 대충 1980년대 한국의 농촌에서 볼 수 있는 개량주택과 비슷했다.

마당에 놈들이 타고 온 지프 한 대가 세워져 있을 뿐이다. 대충 둘러본 뒤 발걸음 소리를 줄여 현관으로 다가 손잡이를 잡고 슬쩍 돌려봤다.

턱.

'그래도 지들 자는 곳이라고 여긴 잠갔네?

현관에서 떨어져 집을 한 바퀴 돌며 소리 내지 않고 들어갈 수 있는 문을 찾았다. 뒷문이 없어 들어갈 곳이 마땅치 않았지만 더운 나라라서 그런지 창문이란 창문은 전부 활짝 열려 있었다.

'쯧쯧! 이래서야 어디 현관문을 잠글 필요가 있었을까?

내심 혀를 차며 거실 쪽의 창문으로 다가갔다. 원래 남의 집 담을 넘거나 숨어 들어가는 것은 싫어한다. 남자는 폼생폼사, 대도무문 아닌가?

하지만 여긴 외국이라 아무도 모른다고 자위하며 창을 넘었다. 외국에선 다들 한국에서 하지 못한 짓들을 하지 않냐? 아는 사람 없으니까 그러는 거다. 하늘이 보고 있는데도 말이다.

거실로 숨어 들어가 인기척을 살폈다. 넓지 않은 거실이라 아무도 없다는 것을 바로 확인할 수 있었다. 문이 달린 방이 네 개가 있는데 그중 하나는 욕실과 화장실일 테니 세 개의 방이 있다고 보면 된다.

드르렁드르렁.

코 고는 소리가 놈들을 찾는 수고를 덜어주었다. 그런데 서로 다른 코 고는 소리가 한 방에서 들리고 있었다. 방이 세 개나 되는데도 신기하게 남자 둘이 한 방에서 자고 있다는 거다.

‘이 새끼들 호모 아냐?’

그렇지 않아도 마음에 안 드는 놈들인데 찝찝한 기분까지 들었다.

끼익.

역시 방문을 잠그지 않았다. 살금살금 안으로 걸음을 옮겼다. 방 안에는 제법 넓은 침대가 놓여 있었고 코 고는 주인들이 그 위에 있었다.

‘응? 세 명?’

두 놈이 있어야 하건만 침대 위에는 세 명의 누워 있었다.

이명박과 조진호의 사이에 가냘픈 체구의 여자가 한 명 더 있었던 것이다. 셋 모두 실오라기 하나 걸치지 않은 알몸이었고 가운데 여자의 목에는 개줄이 걸려 있었다.

'이런! 개새끼들!'

안 봐도 대충 어떤 상황인지 짐작할 수 있었다. 여자의 피부색으로 보아 현지인이 아닌 한국 여자가 틀림없었다. 그렇다면 나처럼 놈들에게 납치당했을 가능성이 컸다. 목에 걸린 개 줄은 도망치지 못하도록 구속한 것이고 말이다.

'혹시?'

여자가 이동훈과 함께 실종된 탤런트 이 모양이 아닐까 하는 생각이 들었다. 만일 이 모양이 맞는다면 이동훈은 이미 살해당했을 가능성이 컸다. 감금했다면 내가 있던 창고에 있어야 하는데 그곳에 이동훈은 없었다.

이런 생각들은 그야말로 순식간에 이루어졌다. 세 명이 잠든 것을 발견한 순간 이미 내 몸은 움직이고 있었으니까 말이다. 그것도 정말 오랜만에 제대로 열이 받아 있었다. 침대로 다가갈수록 눈에 띄는 여자가 당한 흔적들이 너무 비참했기 때문이다.

사박사박.

먼저 조심스럽게 걸음을 옮겨 이명박의 곁으로 다가갔다. 술에 취한 채로 질펀한 정사를 벌이고 난 후 잠들었으니 셋 모두 세상모르고 잠에 취해 있었다. 슬쩍 한 팔을 들며 반응을 살폈으나 미동도 하지 않는다. 양손을 머리 위로 해 침대 다리에 로프를 돌린 후 연결해 묶었다.

그러고 나서 조현오에게 다가가 물끄러미 놈의 얼굴을 내려다 봤다. 로프가 모자라 놈은 조금 맞아야 할 것 같았다. 주먹을 들어 놈의 눈을 향해 내려찍었다.

빡!

"악!"

아닌 밤중에 봉창 두드리는 소리라고 조현오는 자다 말고 느닷없이 눈에 극심한 통증을 느끼고 비명을 질렀다. 하지만 난 무척 화가 나 있었다.

빠바박! 퍽! 퍽!

"으악! 억! 아악!"

다른 쪽 눈과 코 입술등 부위를 가리지 않고 주먹을 꽂아 넣었다. 뼈가 부서지는 소리가 들리고 침대 위로 피가 튀었다. 이빨이 부러져 입술을 파고 들어갔고 코가 주저앉았다.

알다시피 내 몸은 칼도 들어가지 않을 정도로 단단하다. 그런 주먹으로 무자비하게 두드렸으니 얼굴이 걸레처럼 되는 데는 별로 시간이 걸리지 않았다.

"뭐, 뭐야?"

"꺄아아악!"

조현오가 비명을 지르다가 고통을 이기지 못하고 기절할 때쯤 이명박과 여자가 깨어났다. 놈은 아직 잠이 덜 깬 상태라 상황파악을 하지 못하고 있다. 뭐, 상황파악을 해봐야 묶인 놈이 할 수 있는 일도 없다.

그래도 시끄러운 건 질색이라 조용히 시킬 필요는 있다. 좋은 주먹 두고 말로 할 일도 아니었고 동업자끼리 수입도 반으로 나눴을 테니 고통도 똑같이 분담해야 한다.

빡! 빡! 빡!

"으악! 억! 끄악!"

"꺄아악!"

한 대 한 대 정성들여 때려서 놈의 얼굴도 걸레로 만들어 기절시켰다. 이젠 목이 터져라 비명을 지르고 있는 여자를 진정시킬 때다. 여자 역시 피를 봐서인지 쉽게 진정시키기는 힘든 상황이다.

짜악—

털썩.

"이봐! 구해주러 왔으니까 정신 차려!"

힘 조절에 실패했다. 내 딴에는 살짝 친다고 쳤는데 따귀 한 대에 여자가 기절해 버렸다. 그러나 어쨌든 진정은 시켰으니 소기의 목적은 달성했다. 조현오도 침대 시트를 찢어 대충 묶어놓고 쓰러진 여자를 안아들어 거실로 옮겼다.

여자의 상태는 여러 가지로 좋아 보이지 않았다. 음모는 제모한 상태고 음부 역시 난행을 당해 빨갛게 부었다. 온몸에 크고 작은 상처와 멍이 들어 있고 이빨은 하나도 보이지 않았다. 이전 야쿠자들이 여자를 섬에 팔 때 써먹던 수법이다.

깨어나 봐야 알겠지만 이 정도로 당했으면 정신 상태도 상당히 심각하게 피폐해져 있을 것이 분명하다. 알다시피 난 여자를 무척 좋아하며 전생에는 야쿠자 두목도 했다.

하지만 비록 대가를 치르고 여자를 안은 적은 있어도 한 번도 여자에게 가학적인 행위를 강요한 적은 없다. 내개 최고의 쾌락을 주는 여자를 어떤 면에서는 존중했기에 내 부하들에게도 여자에게 함부로 하지 못하게 했었다.

그리고 누차 말하지만 폼생폼사 사나이가 연약한 여자를 괴롭힌다는 것은 수치라고 생각하는 사람이 나다. 그런 나였기에 이놈들의 행동에 분노를 넘어 살의(殺意)가 일었다. 지금 심정이라면 발기발기 찢어 죽이고 싶었다.

그러나 난 살인을 해서는 안 되는 몸. 내가 할 수 있는 최대한의 고통을 주겠다고 결심했다. 차라리 죽여 달라고 할 만큼의 고통을 말이다.

마음을 굳히고 여자가 깨어나기를 기다렸다. 강제로 깨울 수도 있지만 자연스럽게 깨어나는 것이 좋을 듯했다. 담배를 한 대 꺼내 입에 물었다. 길게 연기를 내뿜으며 생각에 잠겼다.

세상엔 참 죽일 놈도 많다는 생각이 든다. 한국도 아닌 외국에 나와 같은 나라 사람을 상대로 납치, 살인, 강도, 강간을 벌이고 있으니 한심하기만 했다. 이러다가 한국의 지팡이가 아니라 세계의 지팡이가 되는 건 아닌지 모르겠다.

이들은 어떻게 처리해야 할지 고민이 된다. 한국으로 호송을 해야 하긴 하는데 과연 데려가는 것이 잘하는 일인가 싶다. 기껏 해봐야 감방에서 몇 년 썩고 말 텐데 그 정도로는 죄의 대가를 치를 수 없다.

만일 이놈들이 이동훈을 납치한 범인이라면 조금은 오래 살 거다. 검사들이 가만있지 않을 테니까. 하지만 그렇다고 죽은 이동훈이 살아 돌아오는 것도 아니었고 무엇보다 이 여자가 아무 일 없던 것처럼 살아갈 수는 없을 것이 분명했다.

'하아—! 고민이네……'

이럴 때는 내가 경찰이라는 사실이 원망스럽다. 차라리 조폭이었으면 실컷 괴롭히다가 묻어버리면 그만인데 말이다. 거기다 나 스스로 정한 '살인을 절대 하지 않는다'라는 명제에도 걸리고…….

국가 발전과 세계 평화에 대해 깊은 시름을 하고 있는데 여자의 신음 소리가 들렸다. 깨어나고 있는 듯했다.

"…으, 으음!"

"대한민국 경찰입니다. 아가씨 구하러 필리핀까지 온 사람이니까 소리 지르지 말아요. 아가씬 이제 안전합니다.”

여자를 안심시키기 위해 최대한 자상한 목소리를 만들어 말했다. 그런데 여자의 입장에서는 그렇지 못했나 보다.

“꺄아악! 사, 살려주세요. 시키는 대로 뭐든지 할 테니 제발!”

벌떡 일어나 내 바짓가랑이를 잡고 사타구니로 손을 뻗었다. 기겁을 하고 뒤로 물러나며 말했다.

“아가씨, 정신 차려! 난 대한민국 경찰이야. 짭새 알지? 짭새라고. 아가씨를 괴롭히는 놈들은 내가 다 잡아놨어. 이젠 안심해도 돼.”

“짭새, 짭새… 짜… 흐윽! 어헝!”

역시 짭새의 위명은 필리핀에 와서도 통했다. 실성한 듯이 짭새라는 말을 중얼거리던 여자가 갑자기 대성통곡을 한다. 눈을 보니 초점이 돌아와 있어 한숨 놓을 수 있었다.

다시 여자를 찬찬히 살펴보다가 아직 알몸이라는 사실을 깨달았다. 놈들에게 당한 곳을 살피다 열받아서 그만 잊고 있었다. 일단 내 윗옷을 벗어 여자에게 건넸다.

“일단 이것으로 가리십시오. 입을 만한 것이 있나 찾아보고 오겠습니다.”

“흑흑! 안 돼요! 가지 마세요!”

목 놓아 울고 있던 그녀가 갑자기 내게 달려들어 바짓가랑이를 잡고 떨어지지 않으려고 한다. 억지로 떼어놓자면 못할 것도 없지만 그녀의 두려움을 이해할 수 있어 그대로 두었다. 이곳은 외진 곳이고 아직 한밤중이며 내게 시간은 많았다. 그녀가 진정하고 나서 놈들을 처벌해도 충분했다.

"어엉— 흑흑흑! …끄윽. 끅."

한참을 내게 매달려 통곡하던 아가씨가 지쳐서 더 이상 울지 못하겠는지 끅끅대기만 한다. 곧 울음이 멈출 것 같아 부드러운 목소리로 말을 건넸다.

"이제 괜찮습니다. 다 끝났어요. 이젠 놈들도 죗값을 받을 겁니다. 일단 걸칠 옷을 찾아가지고 올 테니 이것 좀 놔주시겠습니까?"

"흐윽… 흑."

바짓가랑이를 잡고 있던 손이 스르륵 풀어졌다. 방을 뒤져봤으나 여자 옷이 없어 남방과 트레이닝복을 가져와 여자에게 건넸다.

"마땅한 옷이 없으니 이거라도 걸치세요. 전 잠시 둘러보고 오겠습니다."

"……."

가타부타 대답은 없었지만 여자가 옷 입는 것을 지켜볼 수는 없기에 옷을 쥐어주고 놈들이 묶여 있는 침실로 들어갔다.

"으… 으윽……!"

"으윽… 다, 당신은……?"

두 놈 다 깨어났지만 이명박은 눈이 퉁퉁 부어 날 알아보지 못했다. 하지만 조진오는 그보다는 덜했는지 날 알아보고는 흠칫 놀란다.

"왜 창고에 묶여 있어야 할 놈이 여기 있으니까 이상하냐?"

"으으… 다, 당신 뭐요? 도대체 우리에게 뭘 원하는 거요?"

"없어!"

싸늘하게 한마디 내뱉고 나서 쓸 만한 게 없나 방 안을 둘러보니 골프 가방이 눈에 띄었다. 나이키사의 클럽이 빼꼭히 들어 있었다. 7번 아이언을 꺼내 들고 허공에 휘둘러 보았다.

부웅―

"오오! 이거 그립감이 좋은데? 역시 골프채는 나이키도 괜찮아."

"으으, 다, 당신은 누구요?"

"몰라도 돼."

부웅― 빠악! 빠각!

"으아아악!"

"아! 이거 영 시끄러워서 안 되겠네!"

"사, 살려주십시오!"

부우욱. 북.

침대 시트를 찢어 두 놈의 입속에 틀어넣었다. 입을 벌리지 않으려고 했지만 놈들이 내 힘을 이길 수는 없었다.

“읍읍읍!”

부우웅— 빠악!

콰지직!

“으읍—!”

두 놈의 양 무릎을 박살 냈다. 이제 치료한다고 해도 평생 제대로 걸을 일은 없을 거다. 정말 아주 오랜만에 혈기가 뻗쳐오르는 것을 느꼈다. 만일 흉신악살이 있다고 하면 묵묵히 7번 아이언을 휘두르는 내 모습일 것이다.

저벅저벅.

조진오을 박살 내놓고 이명박에게 걸어가자 놈은 벌써부터 사시나무 떨듯이 떨고 있다. 원래 보이지 않으면 공포심은 배가 되는 법이다. 귀로 들리는 조진오의 비명을 들은 후에 자신에게 다가오는 발걸음 소리는 아마도 사신의 발걸음 소리로 들릴 거다.

“읍읍읍!”

부우웅— 빠악!

콰지직!

“으읍—!”

두 놈을 박살 내놓고 여자와 대화를 나눠 보기 위해서 거실로 나왔다.

Chapter 04
간신히 맹세를 지키다

　여자는 비명 소리가 멈추고 침실에서 내가 나오자 두려운 듯 주춤거리며 한 걸음 뒤로 물러났다.

　"안심하십시오. 놈들이 한 짓이 너무 참기 어려워서 그만……. 그렇지 않아도 여러 가지로 불안하셨을 텐데 미안합니다."

　"……."

　"일단 어떻게 된 일인지 제게 사정을 들려주실 수 있겠습니까? 먼저 아가씨 신분부터 알려 주셔야 할 것 같습니다."

　"……."

여자는 무언가 말하려고 입술을 달싹거리다가 결국은 고개를 푹 숙인 채 입을 다물었다. 아무래도 내가 먼저 말을 꺼내야 할 것 같았다. 우선은 내가 이 동네에 온 목적을 달성하는 일이 중요하니까 말이다.

불안에 떨고 있는 아가씨를 자극하지 않기 위해 가능한 부드러운 목소리를 내며 물었다.

"혹시 이동훈 씨나 이미애 씨를 아십니까?"

흠칫!

내가 말하는 이름을 듣고 여자가 움찔거렸다. 내 예감은 정확하며 내 운발 역시 타의 추종을 불허한다고 다시 한 번 느꼈다. 이래서야 남들이 날 황소반장이라고 불러도 변명할 말이 없었다.

"아가씨가 이미애 씨군요? 전 두 분 때문에 한국에서 파견된 경찰입니다. 이동훈 검사는 어떻게 됐습니까? 사실대로 말씀해 주셔야 합니다."

"……."

정확히는 그녀 때문이 아니라 이동훈이 때문이다. 이미애가 어떻게 되든 관심 있는 사람은 그녀의 가족뿐일 거다. 그러고 보니 그녀가 머뭇거린 이유도 알 것 같았다. 인기가 있든 없든 어쨌든 그녀의 신분은 연예인이었다.

그대로 두었다가는 시간만 흐를 것 같아 다시 한 번 물었다.

"어쨌든 이곳을 벗어나 고국으로 돌아가야 하지 않겠습니까? 이곳은 외국이라 사정을 얘기하지 않으시면 제가 도울 수 있는 방법이 없습니다."

"…그 사람은, 그 사람은… 저들이 죽였어요. 그것도 제 눈 앞에서 날, 날… 흐흑……!"

뒷말은 듣지 않아도 짐작할 수 있었다. 여자와 이동훈의 행방을 안 이상 구태여 들을 필요도 없었다. 돈을 건넸다고 했을 때 이미 예상했던 일이다.

목적을 달성한 후 인질은 거추장스러운 존재일 뿐이니까 말이다. 여자인 이미애야 다른 용도로 쓸모가 있지만 이동훈은 부담만 되는 존재다. 만일 내가 납치범이었다고 해도 제거했을 것이다.

문제는 이제 이미애와 두 놈을 어떻게 처리해야 할 것인가였다. 한국의 보스에게 전화를 할까 하다가 그만뒀다. 죽은 이동훈이야 어쩔 수 없는 일이지만 산 사람은 살아야 한다.

내가 이곳 경찰과 대사관에 사실을 알리면 이미애라는 여자는 두 번 죽게 된다. 이동훈 때문이라도 검사들이 두 놈을 내버려 두지 않을 것이 뻔했다. 두 놈의 범죄행위를 낱낱이 까발릴 것이 분명했다.

난 사실 개인적으로는 비리검사 한 마리가 백만 마리의 바퀴벌레보다 더 해가 되는 짐승이라 이동훈이야 잘 뒈졌다고 생각하지만 말이다.

뭐, 그렇게 생각하면 이 여자도 잘한 건 없다. 하지만 최소한 이미애라는 여자는 잘 먹고 잘살려고 이동훈에게 몸을 판 거지 남에게 해를 끼치지는 않았다. 그러니까 이동훈과 이미애를 비교해서는 안 된다.

"이미애 씨와 죽은 이동훈의 소지품은 어디 있습니까?"

"흑흑……! 놈들이……."

이미애는 그렇게 울고도 아직도 흘릴 눈물이 있는지 울음을 멈추지 않았다.

"이미애 씨도 한 번 찾아봐요. 최소한 여권은 있어야 일이 쉬울 것 같으니."

"흑흑… 예?"

내 말을 제대로 이해하지 못했는지 울음을 그치면서 되물었다.

"이미애 씨가 탤런트라고 들었는데 사람들에게 알려지면 곤란할 것 아닙니까? 여권이라도 있으면 먼저 귀국하는 것이 좋을 것 같아 그럽니다."

"아! 예! 그, 그렇게만 해주시면 뭐든지 시키는 대로 다 하겠습니다.

이미애가 정신이 없어 여자로서는 아주 위험한 말을 하고 있다. 뭐, 놀라고 당황해 실수한 것으로 생각했다. 어쨌든 그

너가 바라는 것은 확실히 알 수 있었다.

"누구 신세 조질 일 있습니까? 이래 봬도 잘나가는 경찰입니다. 괜히 쓸데없는 소리 말고 여권이나 찾아봐요."

"…죄송합니다."

"일이 잘 끝나면 나중에 밥이나 한 끼 사요. 그전에 이곳에서 있었던 일은 깨끗이 잊어버리고."

"…예, 꼭 사겠습니다. 고맙습니다. 형사님 성함이 어떻게 되시는지?"

이미애는 생각보다 정신력이 강한 여자 같다. 놈들에게 짐승 같은 짓을 당했을 텐데 정신에는 이상이 없는 것 같다. 그녀는 숨기고 싶은 비밀을 알고 있는 내 이름이라도 알아야 안심할 수 있을 거다. 그나마 다행이라는 생각에 이름을 알려 줬다.

"밀레니엄수사대 한대갑 반장입니다. 서울에 가면 꼭 사야 합니다."

"예, 한 반장님. 꼭 연락드리겠습니다."

피식 실소를 짓는 것을 보니 조금은 안정한 것 같았다.

"자, 이제 여권을 찾아봅시다."

"예, 반장님."

대답을 했지만 선뜻 걸음을 떼지는 못한다. 아직 놈들에 대한 두려움에서 벗어나지 못했기 때문이다.

난 그녀를 거실에 두고 다시 침실로 들어갔다. 침실에 가구가 별로 없어 찾아보기는 쉬웠다. 붙박이장을 열어보니 옷보다는 다른 것들로 가득 채워져 있었다.

칼, 방망이, 단검, 권총에 칼빈 소총까지 있었다. 칼도 한 종류가 아니라 식칼에서 회칼까지 다양하게 구비해 놓았다. 한편에는 채찍이나 개 목걸이 등 성적취향에 따른 도구들이 상자에 담겨 있어 기가 막혔다.

하지만 붙박이장에도 내가 찾는 것은 없었다. 이런 놈들이면 숨길 곳은 뻔했다. 침대 밑을 보니 사과박스만 한 크기의 납작한 상자 두 개가 보였다. 끄집어내 보니 역시 내가 찾던 것들이다.

보통 이런 물건은 증거 인멸을 위해 태워 버리는 것이 정상인데 이놈들은 소중히 보관하고 있으니 정신 상태를 의심해 보지 않을 수 없다.

상자 하나에는 십여 개의 지갑, 신분증, 여권들이 모아져 있었고 다른 하나에는 비디오카메라와 테이프가 담겨 있었다. 필시 비디오카메라가 놈들의 협박에 사용된 도구였을 것이다.

일단 신분증을 살펴보았다. 모두 한국 신분증으로 남자 일곱 명에 여자가 다섯 명이다. 물론 그중에는 이동훈과 이미애의 것도 포함되어 있었다. 신분증이 담긴 상자는 그대로 두고 비디오테이프 하나를 틀어보았다.

지지직—

조악한 영상이 나타났다. 생각대로 납치한 사람들의 가족을 협박하기 위한 영상이었다. 다른 것 하나를 골라 틀어보았다. 그건 포르노 테이프이었다. 하지만 나오는 배우들의 연기나 어색하고 낯이 익은 얼굴이 등장하고 있었다.

놈들은 납치한 여자를 강간하는 것으로도 모자라 서로 성교를 강요하고 테이프로 남겼던 것이다. 아마도 신고를 하지 못하게 하려는 목적인 듯했다.

뭐, 놈들에게 물어보면 알게 될 거다. 이런 것으로 얼마 되지 않는 지력을 낭비할 필요는 없다. 우선 이미애의 여권과 소지품을 챙겨 거실로 가지고 나왔다. 그녀는 아직 그 자리에서 꼼짝도 하지 못하고 있었다.

"놈들이 다행히 이미애 씨 여권을 아직 가지고 있었네요. 일단 가지고 계세요."

"…저 사람들… 죽었나요?"

"아뇨. 아직 살아 있습니다. 전 경찰이지 살인잔 아닙니다."

"저 사람들 어떻게 할 건가요?"

정신이 들고 나니 앞일이 걱정인 모양이다. 이 여자 또한 사회의 쓴맛 단맛을 다 봤을 테니 앞으로 어떤 식으로 진행될지 대충은 짐작하고 있는 것이다. 그녀의 입장에서 보면 차라리 놈들이 죽었으면 할 거다.

쓸쓸한 웃음을 지으며 대답했다.

"저도 놈들을 어떻게 해야 하나 고민입니다. 이미애 씨 입장에서 보면 죽었으면 하겠지만 제가 도울 수 있는 일이 아닙니다. 뭐, 신고해서 한국으로 압송해야겠죠."

"안 돼요!"

"예? 죄를 지었으면 법이 심판을 받아야 합니다. 놈은 검사를 살해하고 여죄도 있어 아마 법정최고형을 받게 될 겁니다."

"하지만… 하지만 그렇게 되면 저는……."

그녀는 자신의 처지를 생각하고 부지불식간에 소리는 질렀지만 딱히 할 말은 없어 보였다. 내가 하는 말이 지극히 당연했으니까 말이다.

그녀로서는 억울하기 짝이 없는 일이지만 어쩔 수 없는 현실이었다. 그걸 알고 있는 나로서도 답답하기만 했다. 뭐라 위로할 말이 떠오르지 않아 입을 다물고 있는데 그녀가 울먹이며 입을 열기 시작했다.

"그렇게 되면 전 아마 살 수 없을 거예요. 경찰은 경찰대로 이곳에서 있었던 일을 꼬치꼬치 캐물을 테고 검찰은 검찰대로 법정에서 서면 또다시 같은 일을 물을 거예요. 더구나 신문이나 방송에서는 얼씨구나 하고 덤벼들겠죠. 제 사생활 하나하나까지 들춰낼 테고 말이에요."

　말하기가 힘든지 잠시 숨을 고르고 다시 이었다. 어느새 눈물은 멈췄고 무슨 생각을 하는지 그녀의 눈에선 귀기가 흐르는 것 같았다.

　"이곳에서 겪은 일만 해도 끔찍하고 죽고 싶어요. 그런데 또 한국에서 그런 일을 겪어야 한다니… 차라리 절 여기서 죽여주세요. 네? 한 반장님, 전 어차피 한국 가면 죽는 것보다 못해요. 그러느니 여기서 죽고 싶네요. 그럼 다시는 그런 비참한 일은 겪지 않아도 될 것 아네요?"

　"…개똥밭을 굴러도 이승이 낫다고 했습니다. 죽는다는 말은 함부로 하는 것이 아닙니다."

　내가 생각해도 위로라고는 조금도 되지 않을 말이다. 하지만 별달리 할 말이 없었다. 원래부터 자상하지도 못했고.

　"아니에요! 이런 모습으로 한국에 가느니 여기서 죽고 말래요."

　말을 마치자마자 그녀는 어디서 힘이 생겼는지 벌떡 일어나 주방으로 달려갔다. 워낙 창졸간에 벌어진 일이나 멍하니 지켜보고만 있었다.

　부엌에서 식칼을 찾아든 그녀가 날 돌아보며 눈물이 그렁한 얼굴로 말했다.

"어쨌거나 저 짐승만도 못한 놈들에게서 절 구해 주셔서 고마워요. 그리고 죄송해요, 한 반장님."

"이미애 씨! 잠깐만 기다려요. 일단 다른 방법이 없나 대화를 나눠 봅시다."

이미애가 식칼을 잡는 순간부터 난 그녀에게 다가서고 있었다. 무슨 생각을 하고 있는지 짐작했기 때문에 진정시켜야 했다. 사람이 지나치게 흥분하다 보면 과격한 행동을 할 수 있는 법이다.

"아니요. 다른 방법이 있을 것 같지 않네요. 흑!"

쨍그랑—

이미애의 말이 끝나는 순간 난 그녀에게 달려들었다. 그녀가 가슴을 찔러가고 있었기 때문이다.

칼에 찔린다고 사람의 목숨이 그리 쉽게 죽는 것은 아니다. 더구나 지친 여자의 힘으로 뼈를 피해 심장을 찌르기는 불가능에 가깝다. 더욱이 여자에게는 지방덩어리인 유방이 심장을 보호하고 있기에 남자보다도 어렵다.

그렇다고 해도 일단 저지해야 했기에 그녀의 손을 내려쳐 칼을 떨어뜨렸다. 그녀는 자살이 실패하자 그 자리에 무너지듯 주저앉아 울음을 터뜨렸다. 벌써 오늘만 해도 몇 번째 우는지 모르겠다.

"흐으흑! 흐흐흑!"

그런 그녀를 보는 내 마음은 씁쓸하기 이를 데 없었다. 사람을 구했으면 끝까지 책임지라고 했다. 꼭 그녀를 구하려고 한 건 아니었지만 이왕 이렇게 된 이상 다시 죽게 내버려 둘 수는 없었다.

"후우—! 이미애 씨, 이렇게 합시다. 나도 이미애 씨를 이대로 한국으로 데려가는 건 썩 기분 좋은 일이 아니니 말입니다."

"흐흑! 시켜만……. 죽으라면 죽을 테니 제발 시켜만 주세요."

"그렇게 간단한 일은 아니지만 죽으려고 한 마당에 뭐는 못하겠습니까? 저놈들이 살아 있어서는 어쩔 수 없으니 결국 죽여야 한단 말입니다."

"흑! …꿀꺽! 그럼……?"

말뜻이 심상치 않다고 느꼈는지 울음을 멈춘 그녀가 마른침을 삼키며 날 올려다보며 물었다.

"그런데 이상하게 들릴지 모르지만 난 사람을 죽여서는 안 되는 이유가 있어서 놈들을 직접 죽일 수 없으니 이미애 씨가 저놈들을 죽이십시오. 아니, 죽일 필요까지는 없고 내가 알려 주는 곳을 찌르기만 하면 됩니다."

"제, 제가요?"

떨리는 목소리로 질문하는 그녀에게 고개를 끄덕여 주며

말을 이었다.

"예, 이미애 씨가 해야 합니다. 그래야 서로 누구에게도 말할 수 없는 비밀을 쥐게 되는 것 아닙니까? 그리고 그 일은 우리 둘만의 비밀로 합시다. 내 생각에는 이 방법이 최선인데 과연 이미애 씨가 할 수 있겠습니까?"

"……."

"사람을 찌르는 것은 생각보다 어려운 일입니다. 아무나 할 수 있는 일이 아니니까 잘 생각해 보십시오."

난 그녀가 결정을 하더라도 시간이 필요할 것으로 생각했다. 나 역시 나를 죽이려던 놈들을 찌르는데도 제정신이 아니었으니까 말이다.

그러나 그녀는 얼마 걸리지 않아 입술을 꽉 깨물고 나서 내게 말했다.

"제가… 하겠어요. 그렇게 하면 정말 괜찮은 거죠? 예? 한 반장님이 괜찮다고 약속만 해주시면 할게요. 제가 할게요. 예?"

그녀는 썩은 동아줄이라도 잡는 심정인 거다. 오늘 처음 보는 날 뭘 보고 믿는다는 말인가? 하지만 그렇게 해서라도 위안을 받고 싶고 안심하고 싶은 거다.

"예, 이미애 씨에게는 별다른 일은 생기지 않을 겁니다."

"고마워요. 그럼 제가 어떻게 하면 되나요?"

"정말 결심이 섰습니까?"

"예, 그 방법이 최선이라면."

그녀의 결연한 표정을 보고 고개를 끄덕였다. 앞장서 침실로 가며 그녀에게 말했다.

"절 따라오십시오."

"…예."

그녀는 놈들이 있는 곳으로 다시 들어가기가 꺼려졌는지 잠시 멈칫했지만 나를 한번 쳐다보고는 입술을 깨물며 걸음을 옮겼다.

침실 안에 두 놈은 정신을 차리고 있었다. 몸을 묶은 로프를 풀어보려고 발버둥을 친 모양이지만 성치 않은 몸으로 가능할 리가 없었다. 고통만 가중되어 끙끙거리고 있었다.

"하, 한 선생님! 살려주십시오."

"으윽! 사, 살려주십시오."

침실로 들어서는 날 발견하고 애걸복걸하는 두 놈을 보며 입을 열었다.

"여기 납치한 사람들을 어떻게 했지?"

"푸, 풀어줬습니다."

"전부?"

"……."

그 부분에선 대답을 하지 못했다. 아마 몸값을 받고 풀어준 사람도 있고 이동훈이처럼 죽인 사람도 있을 거다. 어차피 이 놈들의 운명은 결정되었고 죽은 사람이 살아 돌아오지는 않는다.

그 문제는 더 이상 신경 쓰지 않고 다음 질문에 들어갔다.

"이동훈이는 어디 묻었나?"

"으윽……. 뒤, 뒷마당에……."

"다른 사람들은?"

"가, 같이……."

이젠 놈들에게 더 이상 들을 말이 없었다. 죽은 사람이나 피해자에게는 안 된 일이지만 다시 거론되어 좋을 일이 아니라고 생각했다. 놈들과 함께 이곳 필리핀에 묻어두는 것이 좋을 것 같다.

조금 시간이 흐른 뒤에 신분증이 있는 사람들에게는 놈들의 죽음을 알려줄 생각이다. 시간이 흐른 후에.

생각을 마치고 침실 문 앞에 서서 어쩔 줄 몰라 하고 있는 그녀를 불렀다.

"이미애 씨."

"예! 예?"

"그 칼 이리 주십시오."

"…여기……."

그녀에게 식칼을 받아들어 놈들에게 다가가 폐와 간이 있는 곳을 가리키며 말했다.

"이미애 씨, 잘 보십시오. 제가 표시한 곳을 힘껏 찌르기만 하면 됩니다. 그럼 당장은 놈들이 죽지는 않을 겁니다."

"…예."

마지못해 대답을 하는 그녀에게 각오를 다지기 위해 한마디 더 했다.

"그동안 당한 일을 떠올려 보시면 쉬울 겁니다. 만일 제가 오늘 이곳에 오지 않았으면 어떻게 됐겠습니까? 다른 생각은 할 필요없습니다. 그냥 그것만 생각하십시오."

말을 마치고 그녀의 대답을 기다리지 않고 칼끝으로 놈들의 허파와 간의 위치에 상처를 냈다.

"으윽! 살려주십시오."

"악! 제발 살려주십시오."

놈들에게 죽은 사람들도 놈들과 같이 애원을 했을 것이다. 그러나 무시당하고 죽인 놈들이다. 나 역시 놈들의 애원을 무시한 채 그녀에게 다짐을 받듯 말했다. 잔인하려고 마음을 먹는다면 누구보다 잔인해질 수 있는 사람이 나였다.

"제가 상처를 낸 곳을 힘껏 한자리에 두 번씩 찌르면 됩니다."

"…예."

그녀는 막상 대답은 했지만 선뜻 찌르지 못하고 있었다. 하지만 더 이상 내가 도울 일은 없었다. 이제 찌르고 말고는 그녀가 결정할 일이다.

망설이고 있는 그녀를 그대로 두고 거실로 나와 담배 한 가치를 빼어 물었다. 이번 출장은 아주 기분이 더럽기만 했다. 돌아가면 보스에게 욕이나 한마디 해줘야 그나마 기분이 풀릴 것 같았다.

담배 한 가치를 다 피워갈 때쯤 침실에서 흐느끼는 소리와 함께 비명이 들렸다.

푹! 푹! 푹!

"으악! 이년아! 그만둬!"

"아악!"

침실로 걸어가 상황을 살피니 이미애의 눈동자가 돌아가 있었다. 두 번만 찌르면 된다고 했는데 아주 난자를 하고 있었다.

짜악—

"이미애 씨! 그만 됐습니다."

"…아! 흑흑흑!"

그러고 보면 여자는 정말 편한 동물이다. 아무 때나 얼마든지 울 수 있으니까 말이다. 그녀의 손에서 칼을 빼앗아 거실로 끌고 나왔다.

"이곳 정리는 내가 할 테니 이미애 씨는 어서 씻어요. 이대로 갈 수는 없으니 말입니다."

"…예."

그녀를 샤워실로 들여보내고 놈들의 소지품에서 휴대전화와 자동차 키를 찾아 들었다. 석유통을 찾아 침실을 비롯해 거실, 창고까지 골고루 뿌렸다. 그때 쯤 그녀가 씻고 나와 놈들의 차에 태운 후 시동을 걸어 놓고 거실로 돌아갔다.

치익. 화르륵.

헝겊에 불을 붙여 침실에 던지고 밖으로 나왔다. 운전석에 올라 액셀러레이터를 힘껏 밟았다.

부릉. 부아앙ㅡ

달리는 차 뒤로 화광이 충천해 올랐지만 주위에는 아무것도 없는 산속이다. 산불이 나지는 않을까 걱정도 됐지만 집을 짓느라 정비를 해서 번지지는 않을 것이다. 또 이곳은 비가 자주 내리기도 하고 말이다. 그래도 산불이 난다면 어쩔 수 없는 일이지만 말이다.

화광이 멀리 보일 때쯤 해서 놈들에게 빼앗아온 전화기를 꺼내 들었다. 이대로라면 내가 놈들을 죽인 것과 마찬가지라는 생각이 들었다. 그래서 119에 신고해 주려고 하는 거다. 난 할 바를 다했는데 구조가 늦어서 죽은 건 내 책임이 아니니까 말이다.

전화기를 꺼내 들자 그녀가 불안한 눈으로 쳐다본다. 이제
야 탈출한 것이 실감나고 앞으로의 일이 걱정되기 때문이다.
내가 어디에 연락하나도 궁금하고 말이다.

"으음… 001 다시 82 다시 119하면 되겠지?"

번호를 누르고 신호를 기다렸다.

따르륵. 따르르… 철컥.

신호가 가고 전화를 받았다.

—119 구조대 정인홍 소방교입니다.

"아, 수고하십니다. 여긴 필리핀인데 사람이 죽어갑니다.
불도 났습니다. 구해주세요."

탁.

할 말만 하고 전화를 끊었다. 얼굴이 따가운 것 같아 옆을
바라보니 그녀가 어안이 벙벙한 얼굴로 전화기와 나를 번갈
아 가리키며 질문한다.

"방금 그 전화… 혹시 한국 119?"

씩 웃으며 말해줬다.

"예, 저는 할 만큼 했는데 119가 늦거나 안 와서 놈들이 죽
은 겁니다."

"풋! 그게 뭐예요?"

황당하다는 듯이 실소를 흘리는 그녀에게 한마디 건넸다.

"하하! 지난일은 다 잊고 그렇게 웃고 사십시오."

“고마워요… 한 반장님.”

“일단 한국으로 들어가지 말고 중국이나 다른 나라로 가서 한 육 개월 정도 지내다 들어오십시오. 가족들에게는 제가 따로 연락드리겠습니다.”

“…정말 감사합니다.”

물어물어 마닐라 시내로 들어와 내가 머문 호텔 근처에 방을 하나 잡아주었다. 일단 하루는 쉬고 내일이라도 당장 출국시킬 생각이다. 다음 날 호텔로 찾아가 간단한 옷가지와 필요한 것들을 마련했다. 일단 내 경비로 사용하고 한국의 가족에게 받기로 했다.

쇼핑을 끝내고 바로 티켓을 사 이미애는 중국으로 떠났다. 나도 호텔에서 이삼 일 더 빈둥대다가 한국으로 출발했다. 나의 첫 해외출장인 이동훈 검사 구하기는 그렇게 실패로 끝났다.

＊　　　＊　　　＊

쐐애애애액—

—대한항공 747편…….

웅성웅성. 와글와글.

인천 국제공항에 도착했다. 비행기 소리와 안내방송, 떠나는 자와 도착하는 자, 그들을 배웅하거나 마중하는 사람들로 가득하다.

"대갑 오빠! 여기!"

날 부르는 소리 같아 쳐다봤더니 혜리가 깡충깡충 뛰면 손을 흔들고 있었다. 평일이고 근무시간이라 아무도 나오지 않았을 줄 알았는데 혜리가 기다리고 있었다. 필리핀에서 씁쓸한 기억만 있어 우울한 귀국길이었는데 애를 보니 그래도 기운이 난다.

그런 속내와는 달리 입에선 엉뚱한 소리가 나왔다. 애를 보면 항상 이렇게 아옹다옹하게 된다.

"너 학원은?"

"이런! 일부러 시간 내서 마중까지 나왔더니 첫 마디가 겨우 그거야?"

"그러니까 뭐하러 나와? 애도 아닌데. 어련히 알아서 들어갈까."

"쳇! 재미없어. 선물은?"

"야! 내가 놀러갔냐? 고생만 뒈지게 하다 왔건만……."

그러고 보니 이미애 때문에 정신이 없어 선물을 하나도 사지 못했다. 난 죽었다……. 쩝!

'면세점에서 하나 살까?

모를 민정이가 아니지만 없는 것보다는 낫겠다는 생각에

혜리의 손을 잡아끌었다. 면세점에 밀어놓고 큰 인심 쓴다는 얼굴로 말했다.

"그 동넨 후져서 살 게 없더라. 하나 골라라!"

"칫! 미안하니까 그러는 거면서……. 가만! 푸하하하! 오빠! 민정이 언니 것도 안 사왔구나? 그래서 날 여기로 데려온 거지. 언니 거 골라달라고. 그럼 그렇지 그게 아니면 짠돌이가 날 여길 데려올 리 있나!"

내가 귀신을 속이지 혜리를 어떻게 속이겠냐? 두 손 두 발 다 들고 항복했다.

"쩝! 너도 하나 골라. 민정이 거랑 같은 걸로."

"정말? 오빠 나중에 후회하기 없기다?"

"알았어. 괜찮은 걸로 골라봐."

"히힛! 분명이 오빠 입으로 말했다."

혜리는 혀를 쏙 내밀어 보이고 바람처럼 명품관으로 사라졌다.

"어휴! 저걸! 아, 관두자. 내가 포기해야지 편하다."

적군에게 끌려가는 포로처럼 축 쳐져 혜리를 따라 명품관으로 들어갈 수밖에 없었다. 최소한 한 달 치 월급은 뜯길 것 같다. 주식에서 벌지 못했다면 거지되기 십상이다.

하지만 가는 게 있으면 오는 것도 있는 법이다. 황병철의 사건이 지지부진한데 아무래도 혜리의 도움을 받아야 할 것 같았다. 그래서 오늘 아무 말 않고 당해주는 거다. 혜리는 지갑을, 민정이 몫으로는 가방을 사 결국 한 달 치 월급 안에서 선방할 수 있었다.

집으로 돌아가는 차 안에서 혜리에게 황병철 사건을 얘기하고 도움을 청했다. 지갑을 만지작거리며 기분 좋아할 때가 기회니까 말이다.

그러나 나는 혜리를 몰라도 너무 몰랐다. 아니면 너무 쉽게 생각했는지도…….

얘기를 듣고 난 혜리는 흔쾌히 허락했다. 하지만 이어지는 말은 날 황당하게 만들었다.

"좋아! 해줄게. 오빠 나한테 한 번 빚진 거다?"

"빚? 무슨?"

"그럼 맨입으로 닦으려고 했어?"

"야! 그 지갑은?"

"하아! 이 오빠 아주 웃기네. 이건 이거고 그건 그거지. 뭐, 싫으면 관두고."

쩝! 목마른 사람이 샘 판다고 배짱으로 나오는 혜리에게 이길 수가 없어 백기를 들었다.

"아냐! 알았다, 알았어. 아무튼 고맙다, 혜리야."

결국 챙길 것 다 챙기며 혜리는 도움을 주기로 했다. 고구마 캐듯이 줄줄이 엮으려면 자백을 받는 것이 가장 좋을 것 같았다. 지금 상태라면 수사대가 해체되기 전에 답이 나오지 않을 것 같아서였다. 덕분에 혜리에게 빚을 지기는 했지만 그건 나중에 쌩 까면 된다.

"언제부터 하면 돼?"

"일단 한 놈 잡으면 그때 시작하자. 하나씩 새끼를 쳐나가야지. 한 번에 잡으려고 하면 큰 놈은 다 빠져나가고 피라미만 남아."

어린애들은 참을성이 없다. 조직 일을 하다 보면 손 털고 잠수를 타야 할 때가 있다. 그땐 한 달이고 일 년이고 숨죽이고 죽은 듯이 지낸다. 하지만 고삐리들은 그걸 참지 못한다.

왜?

철이 없으니까. 한마디로 죽을지 살지 모른다는 말이다. 폭력이나 위협, 갈취 등의 범죄행위는 마약과도 같은 중독성이 있다. 툭 치거나 인상 한 번 쓰면 뭐든지 해결된다. 그러니 얼마나 살기 편하냐?

그런데 그짓을 못하게 하면 금단 현상이 일어난다. 그래서 참지 못하고 지시를 어기는 놈들이 나타나게 된다. 우린 그런 놈을 줍기만 하면 된다.

혜리를 집에서 대기시키고 학교 주위를 얼쩡대다가 흘러나오는 놈을 잡으면 혜리가 나서서 자백을 받으면 된다.

"오빠?"

“왜?”

“오늘도 출근해야 해?”

“글쎄… 출장보고는 해야 하는데. 왜?”

사실 그냥 집으로 갈 생각이다. 본부장이 지시한 것도 처리하지 못했는데 가봐야 눈치만 보인다. 어차피 오늘까지 출장이니까 안 가도 상관없다. 이제 곧 쫑 나는 부서고 내가 출세 못해 안달난 사람도 아니다.

“근데 어디로 가는 거야? 집으로 가는 길이 아니잖아?”

“어! 제기랄! 이래서 습관이 무섭다는 거다.”

즉시 차를 돌려 집으로 향했다.

THE
PUN
HER
Chapter 05
이런 횡재가!

다음 날 출근하자마자 보스에게 불려가 싫은 소리를 듣고 나왔다. 경비에 출장까지 보내줬는데 아무 소득 없이 돌아왔으니 화가 날 만도 했다. 나도 그러려니 해서 한 귀로 듣고 한 귀로 흘리는 무시신공을 발휘하며 묵묵히 깨지고 나왔다.

"잘 다녀오셨습니까?"

"설마 빈손은 아니시겠죠?"

실컷 깨지고 나오는 내게 부하들이 한마디씩 던지자 사무실이 시끄러워졌다.

"올라가서 한 대씩 빨지?"

“예, 반장님. 커피는 저희가 뽑아 가겠습니다.”

형사반의 아침 미팅은 언제나 옥상이다. 이제 이럴 날도 얼마 남지 않았지만 말이다. 아마도 해체되는 날까지 변하지 않을 거다. 재떨이가 놓인 벤치에 앉아 담뱃불을 붙여 물고 부하들을 기다렸다. 곧 시끌벅적한 소리와 함께 부하들이 올라왔다.

부하들이 담뱃불을 붙이기를 기다렸다가 입을 열었다.

“밀레니엄수사대가 해체되기까지 이제 보름 정도밖에 남지 않았어. 다른 건 접고 모두 황병철이 건만 마무리하는 것으로 하지. 모두들 어때?”

“뭐, 반장님 뜻이라면.”

“좋습니다, 반장님.”

부하들이 입을 모아 충성을 맹세한다. 앞으로 또 어디에서 같이 근무하게 될지 모르지만 나와 친해두면 손해날 일은 없다는 것을 알기 때문이다.

“그럼 강 형사가 나 없는 동안 잠복조사한 결과를 보고해 봐.”

“쩝! 보고고 자시고 할 것도 없습니다. 애새끼들이 이번 자살사건 이후로 아지트에서 꼼짝하지 않고 있습니다.”

“그래? 어린놈의 새끼들이 생각보다 참을성이 많은가 보군.”

"예, 그래서 말입니다. …앞으로 시간도 얼마 없는데 함정수사를 해보는 것이 어떨까요?"

"이 사람이! 지금이 때가 어느 땐데 함정수사 같은 소리야."

입으로는 화를 내고 있어도 눈은 웃고 있다는 것을 부하들은 모두 알고 있다.

함정수사는 죄없는 자를 죄인으로 만들까 봐 하지 못하게 하는 거다. 죄가 확실한 황병철이 같은 놈은 함정을 파서라도 잡아야 한다고 생각한다. 물론 이런 사실이 외부에 알려져서는 절대 안 된다.

이 형사가 그런 내 심정을 헤아리고 조심스럽게 입을 열었다.

"그쪽에 다른 애들을 투입해 보는 건 어떨까요?"

"애들? 그건 절대 안 돼. 미성년자랑 엮이면 우리만 개 피봐."

"학생들 말고 졸업생 말입니다. 근처 폭력배 단속도 할 겸해서 털어오면 꽤 될 것 같은데요?"

"흐음……! 그건 좀 괜찮은 생각 같은데. 생각한 게 있으면 조금 더 자세히 말해봐."

이열치열(以熱治熱), 아니, 이독치독(以毒治毒)이다. 독한 놈은 독한 놈으로 잡는 다는 무협세계의 금과옥조 같은 고사성었다.

이 형사가 자신의 의견이 채택될 것 같아보이자 뿌듯한 얼굴로 말을 이었다.

"예, 반장님. 한 일이 년 먼저 졸업한 선배들을 은평 중고등학교 주변에 풀어놓는 겁니다. 황병철이 일당은 보통 일진이 아니라 그 동네 양아치들과도 연계되어 있지 않습니까?"

"흠! 그렇지."

"그러면 말입니다. 동네 조폭도 아닌 새파란 양아치들이 설치고 다니면 어떻겠습니까? 아무리 자숙하고 있다고 해도 반장님 말씀대로 혈기 왕성한 어린애들입니다. 그 꼴을 보고도 참지는 못할 겁니다."

충분히 일리가 있는 말이다. 원래 그런 못난이들이 학교의 수호자라도 되는 양 어깨에 힘주고 다니니까 말이다. 다른 학생들한테 쪽팔려서라도 참지 못하고 나서게 될 거다.

"가능한 일이기는 한데 말이야. 그 왜… 용역 한다는 애들 말이야. 놈들이 개들을 시켜서 정리할 수도 있잖아."

"뭐, 그럼 핑계로 놈들도 잡아넣죠? 그런 식으로 손발을 하나씩 잘라 나가면 똥구멍이 타서 환장해서 덤빌지도 모르잖습니까?"

"그래? 그럼 이렇게 하지. 질 안 좋은 놈들로 한 이삼십 명 골라봐. 만일 건설회사 용역깡패들이 나오면 같이 처넣게. 그러고 나서 한 번 더 보내는 걸로 하지.”

“반장님, 관할서에 협조 공문 좀 보내주시죠?”

“안 돼. 그놈들이랑 엮인 경찰이 없겠어? 어렵더라도 자네들이 알아서 해야 해.”

은평 학원은 그 지역의 유지다. 꼭 깡패들의 문제가 아니더라도 여기저기 손이 닿아 있을 것이 분명하다. 정보가 새어나가면 실패하는 것은 물론이고 거꾸로 곤란을 겪을 수도 있는 문제다.

“자, 그렇게 하는 걸로 하고 어서 준비들 해. 앞으로 일주일밖에 남지 않았어. 아! 그리고 두 번째 보낼 놈들은 내가 준비할 테니 신경 쓰지 않아도 돼.”

“예, 반장님.”

부하들이 주섬주섬 필요한 것들을 챙겨들고 사무실을 나갔다.

사무실에 혼자 물끄러미 남아 있으려니 눈치가 보인다. 해체가 얼마 남지 않았기 때문일 것이다. 그나마 모두 공무원이라 잘릴 염려는 없고 전 근무지로 복귀하기 때문에 험악하지 않은 것이 다행이다. 경찰청 소속인 형사반이야 원래 이방인이었고 말이다.

민정이도 회의에 참석해 자리를 비워 슬그머니 사무실을 빠져나왔다. 할 일도 없는데 사무실 지키는 것만큼 고역은 없

으니까. 남들은 업무시간에 땡땡이도 잘 치는데 막상 나와도
갈 곳이 없는 건 왜 그런지 모르겠다.

　결국 만만한 게 뭐라고 한상일이를 방문하기로 했다. 뭐,
청사에서 가깝고 거기가면 심심하지는 않으니까 시간보내기
로는 아주 적당한 곳이다. 어차피 애들 동원하는 문제도 지시
해야 하고 말이다.

*　　　*　　　*

　부우웅—

　주차장을 기세 좋게 빠져나왔지만 한 통의 전화가 걸려와
차를 돌려야만 했다. 지금 가고 있는 곳은 갈현동이다. 김 경
장이 은평서에 보관하고 있던 CCTV 녹화 테이프를 어둠의
경로를 통해 입수했다고 연락했기 때문이다.

　띵똥띵똥.

　—누구세요.

　"형수님, 대갑입니다."

　—호호, 어서 와요. 그렇지 않아도 그이가 아까부터 기다리
고 있었어요.

　"예, 일단 문 좀 열어주세요."

　—호호호호! 내 정신 좀 봐.

철컥.

"어서 와라."

"형수님, 이거 주방으로 가저가면 돼요?"

김 경장과 형수가 현관에서 맞아 주기에 들고 온 배 상자를 내 밀었다.

"뭘, 이런 걸 사가지고 오셨어요? 우리가 남도 아니고……. 그냥 베란다로 가져다주세요."

형수는 사양하는 말과는 달리 베란다까지 옮겨 달란다.

"배는 잘 사야 하는데… 잘못 사면 무보다 맛없는 게 배다."

"이그, 당신은! 대갑 씨가 어련히 잘 골라왔을까 봐!"

"예, 저 입구에 있는 가게에서 샀으니까 맛없으면 교환하시면 될 겁니다. 그러겠다고 했으니까요."

"호호, 고마워요. 앉아 계세요. 달달한 냉커피?"

"예, 형수."

배 상자를 놓고 거실 소파에 앉았다. 맞은편에 김 경장이 앉는 걸 보며 말을 건넸다.

"오늘 비번이에요?"

"아냐, 야간이라 이따 나가봐야 해."

"열심히 근무하세요. 오락실에 가 있지 마시고."

"새끼. 거기가 우범지대라서 순찰 도는 거야 인마!"

"흐흐흐!"

믿기지 않는다는 얼굴로 흉소를 날리자 김 경장은 고개를 젓는다.

"그래, 안 간다. 안 가! 사실 요새 할 만한 게임도 없어."

이젠 그만 놀리고 본론에 들어가야 할 것 같아 바로 물었다.

"여전하시네요. 그런데 테이프는 어떻게 구했어요? 쉽지 않았을 텐데?"

"그거 내가 먼저 봤는데 아무것도 없더라. 그러니까 아무도 신경 쓰지 않아. 그래서 어려울 것도 없었다. 담당인 최 경사에게 하나 복사해 달라니까 바로 해주더라."

"쩝! 아무것도 없어요?"

별 기대는 하지 않았지만 그래도 아쉽다. 뜻하지 않던 곳에서 탁 터져주면 힘이 나는데 말이다.

"응, 뭐 자세히 보지는 않았지만 내가 봐선 이상한 게 없던데? 여기서 한번 볼래?"

"예, 일단 한번 보죠."

김 경장이 거실에 있는 TV에 태양아파트의 증거테이프를 틀었다.

지지직—

CCTV 화질이 너무 좋지 않았다.

"화질이 너무 나빠서 사람 얼굴도 확인하기 어렵겠네요?"

"응, 여긴 유독 나쁘더라. 가져가서 화질 좋게 할 수 있잖아?"

"그렇기야 하지만 사람 손을 또 타야 하니까… 뭐, 그래도 필요하면 어쩔 수 없이 해봐야죠."

일단 추정 사고시간 전후를 살펴봤지만 김 경장 말대로 별 이상을 발견할 수 없었다. 테이프의 양이 상당해 어차피 지금 확인하는 것에는 한계가 있다. 형사 한 명에게 할당해 차분히 살펴야 할 것 같다. 화질 개선도 하고 말이다.

"쩝! 지금 봐선 모르겠네요. 아무튼 고생하셨습니다. 김 경장님."

"뭘, 이 정돌 가지고… 그런데 이거 뭐야? 뭔데 밀레니엄의 콜롬보 한 반장이 관심을 갖는 거야? 응?"

"알면 다칠 수도 있어요. 그래도 알고 싶으세요? 그럼 알려 드리고……."

음흉한 표정을 지으며 은근한 목소리로 묻자 대답은 형수한테서 나왔다.

"대갑 씨, 저이 전혀 안 궁금할 거예요. 그러니 말할 필요 없어요. 그렇죠? 당신!"

"어, 그렇지 뭐. 파출소 직원이 그런 거 알아서 뭘 하겠어."

형수의 협박도 있지만 김 경장도 경찰로 연금 받을 생각을

하고 있는 사람이다. 공무원 연금이 위험하다 싶으면 호기심
쯤이야 얼마든지 억누를 능력이 있는 사람이다.

"잘 끝나면 은혜는 잊지 않을게요."

"욕 안 할 테니까 잘 안 되면 그냥 깨끗이 잊어라."

김 경장 집에서 점심까지 얻어먹고 야근조 출근하는 길에
함께 나오는 전화가 왔다.

—눈 내리는 밤은 언제나… 틱.

"오! 한 사장이 내게 전화를 다하고 웬일이래?"

—반장님, 은평 지부 애들한테서 재미있는 보고가 올라와
서 전화드렸습니다.

이 자식 이제 저 놀리는 걸 안다. 요즘은 아예 무시하고 제
할 말만 해서 재미가 없어져 심드렁한 목소리로 물었다.

"뭔데?"

—은평중학교 하고 고등학교 사이에 야산이 하나 있습니
다. 지금 그쪽에 체육관을 새로 짓고 있는데 거기서 냄새가
납니다.

"냄새? 무슨 냄새?"

—예, 반장님. 낮에는 주변 짱개집이 대박이 나고 밤에는
야식집이 대박이 난다고 합니다.

"인마, 그거야 공사장 인부들이 처먹으니까 그런 거 아
냐?"

―지금 공사는 중단된 상탭니다.

호오! 한상일이 말대로 냄새가 난다, 아주 심하게. 이야기
가 길어질 것 같아 한상일이에게 잠깐 기다리라고 하고 김 경
장에게 작별인사를 건넸다.

"김 경장님, 테이프 고맙습니다. 저 여기서 가볼 테니 졸지
말고 열심히 근무하십시오."

"야, 넌 제발 파출소 소장으론 오지 마라. 애새끼가 형사가
되더니 잔소리만 늘어가지고……. 알았으니까 그만 들어가
봐."

"예, 조심하십시오."

"너도 고생해라."

김 경장과 헤어져 차에 올라 기다리고 있는 한상일이를 불
렀다.

"어이, 한 사장."

―예, 반장님.

"계속해 봐."

―예, 대충 계산을 해보니 낮에 대략 7, 80 그릇, 야식은 식
사 류가 30그릇에 안주류가 20그릇 정도 배달됩니다. 동네분
식점에 김밥도 하루 50줄씩 맞춰놓았다고 합니다.

"그래 넌 뭐 거기서 뭐하는 것 같으냐?"

대충 답이 나왔다. 주변을 더 조사하면 약국과 담배 가게

등도 마찬가지 사정일 거다. 한상일이 내가 생각하는 것과 같은 생각을 하는지 물었다.

—뭐, 뻔하지 않습니까? 불법도박장이죠.

"은평 건설 양아치들이 하는 거고?"

—아마 그럴 겁니다. 멀쩡한 공사 서너 달 중단시키고 한탕 하고 빠지려는 걸 겁니다.

"그렇겠지. 그런데 얼마나 됐데?"

—이제 두 달 조금 넘었다고 합니다. 빨리 손쓰지 않으면 털어버릴 수도 있습니다. 반장님.

한상일이 조급한 목소리로 말했다. 그도 그럴 것이 아무리 성황을 이루는 도박장도 한곳에서 육 개월을 넘기지 않는다. 사실 육 개월도 길다. 보통은 삼 개월에서 사 개월이 한계다.

"알았어. 내일 사무실로 들르지."

—옙! 반장님.

자식! 사무실로 간다니까 갑자기 군기가 바짝 들었다. 이 맛에라도 가끔 교육을 해야 한다. 흐뭇한 마음으로 사무실로 차를 몰며 대책을 세워본다.

'홈그라운드의 이점을 살려 아주 대대적으로 해먹을 생각인데……'

그동안 이곳저곳 장소를 옮겨가며 고객을 확보했을 거다. 그리고 제대로 한 방 터뜨릴 생각인 것 같았다. 왜냐하면 도박장의 규모가 통상적인 규모가 아니기 때문이다.

조금 더 조사를 하면 더욱 확실해지겠지만 한상일이의 정보만으로도 대규모 도박장이라는 것을 짐작할 수 있었다. 반입되는 음식으로 보아 통상 30에서 50명 정도의 고객을 유지하고 있는 거다.

30에서 50명이 많은 거냐고 생각할 수도 있지만 이 정도 규모라면 고르고 고른 고객이 그 정도라는 뜻이다. 엄선된 고객들은 하룻밤 적게는 몇 천에서 많게는 몇 억에 이르는 돈은 이곳에 들이부을 것이다. 하룻밤 돈만으로도 몇 십억은 될 것이라는 말이다.

불법도박장을 열면 거의 판돈의 70%를 수익으로 본다. 대여료, 딜러비, 꽁지 돈까지 모두가 도박장의 수익이다. 그래도 도박을 하는 사람들이 참 신기한 거다. 30%를 나눠 갖기 위해서 말이다.

경비?

담배, 박카스, 식대가 전부다. 그건 공짜로 제공하니까. 아! 카드나 화투도 만든다. 그런데 그게 하면 얼마나 하겠냐? 수익에 비하면 애들 껌값밖에 안 된다. 그러니 도박장을 열면 그야말로 돈을 쓸어 담는다고 할 수 있다. 그래서 아무나 할 수 없는 업종이다.

더욱이 이런 대형 도박장은 관공서는 물론이고 검, 경 양아치들과도 선이 닿아야만 할 수 있다. 설마 매일 순찰을 도는 경찰이 전혀 모르고 있을 거라고 생각하지는 않을 거다. 아마도 일선 파출소 순경은 아예 근처에도 가지 않을 거다. 순경 나부랭이가 손 내밀 밥그릇이 아니니까 말이다.

이전에도 한 번 언급한 적이 있을 거다. 난 마약, 도박, 패륜을 하는 놈은 이완용이랑 동급으로 생각한다. 말을 들을 필요도 섞을 필요도 없이 무조건 때려잡아야 할 쥐새끼 같은 놈들이다.

마약도 마찬가지지만 도박 역시 인륜과 천륜을 무시한 행동을 서슴없이 저지르게 하기 때문이다. 저 혼자 망가지는 것으로 그치지 않고 아내, 남편, 자식에 일가친척, 동료, 친구, 사돈의 팔촌까지 다 동원하고도 모자라면 범죄까지 저지르는 사람이 도박중독자들이다.

고칠 수 있다고?

헐! 두 손모가지를 다 끊어 놔봐라. 발가락으로라도 화투장을 들 놈들이다. 판돈이 없으면 처자식이라 판다는 말이 괜히 나온 게 아니다.

방법이 아주 없는 것은 아니다. 가장 좋은 방법은 죽이면 된다. 한데 우리나라 헌법상 마약사범과는 달리 이놈들은 사형은커녕 형량이 아주 낮다. 판돈과 전과 여부에 따라 다르기는 하지만 말이다. 결국은 근절하지 못한다는 말이 되는 거다.

나?

나라고 용가리 통뼈라도 삶아 먹었냐? 나도 뾰족한 방법은 없다. 그냥 보이는 대로 잡아 처넣는 수밖에. 그래서 지금 고민이다. 이 도박장을 어떻게 할 것인가 하고 말이다.

"에이! 이 기회에 인심이나 얻고 돈이나 벌자."

실리를 쫓기로 결심했다. 그 편이 놈들에게 심적 타격을 크게 줄 수 있으니까 말이다.

어차피 내가 잡아넣어도 중요한 대가리는 다 기소유예나 훈방으로 풀려 나온다. 압수한 판돈은 국고로 들어갈 테고. 국고에 들어가 봐야 있는 놈 배불려 주는 일이니 조금 나눠 쓰려고 한다.

그렇다고 눈먼 돈이 탐이 나서는 아니다. 알다시피 난 오늘 당장 경찰 때려치워도 먹고살 만큼은 모아 놨다. 마음만 독하게 먹으면 더 벌 수도 있고. 그러니까 이런 코 묻은 돈에 욕심을 내지는 않는다.

그동안 밀레니엄수사대에서 내 수발을 드느라 고생한 부하들에게 다만 얼마라도 챙겨줄 생각이다. 뭐, 전별금이라고 생각하면 된다. 부하들도 돈이 있어야 비리에 발을 들어놓지 않을 테니까 말이다.

또 이런 정보를 물어온 '배달의 기수' 도 한몫 챙겨 줄 생각이다. 기계도 잘 돌아가려면 기름칠을 해야 하듯이 잘하고 있을 때는 채찍보다는 당근이 효과적이다.

'배달의 기수'를 전국망으로 확대 개편하는 자금으로 지원해 주면 내 지배력이 더욱 공고해질 것이고 말이다.

그렇게 결정하고 사무실로 돌아왔다. 하나둘 들어오는 부하들을 맞으며 며칠 후면 입이 쩍 벌어질 표정을 상상해 보니 괜히 기분이 좋았다. 역시 사람은 베풀고 살아야 한다.

"여어! 수고했어. 어서들 와."

"예, 반장님. 뭐 기분 좋은 일이라도 있으십니까?"

"별거 있나. 자네들이 열심히 근무해 주고 있으니까 기분 좋은 거겠지."

"별말씀을 다 하십니다."

내 말을 전혀 믿지 않고 있다. 하긴! 나 같아도 믿지 못하겠다.

"오늘은 일찍들 들어가고 내일 좀 바쁘게 움직여 보자고. 모두 수고했네. 퇴근해도 좋아."

"예, 반장님."

부하들은 '쟤가 웬일이래?' 하는 표정이지만 마음 바뀌기 전에 퇴근하려는 듯 분주하게 준비한다. 씩 웃어주고 먼저 일어나 사무실을 나왔다.

오늘 민정이는 그대로 퇴근이라 나도 집에 일찍 들어갈 생각이다. 집에 가서 차분히 도박장을 털어 먹을 계획을 세워야 하니까 말이다.

*　　　*　　　*

　밤새 내가 세운 계획은 이렇다. 도박장과 학원 일진 문제 모두 은평 건설과 깊은 관계를 가지고 있다. 그래서 차례대로 터뜨릴 작정이었다.

　은평 건설의 용역깡패는 약 50명 정도로 파악되었다. 그 중 절반이 넘는 30명이 도박장에 매달려 있다. 나머지 자잘한 일을 하는 놈들을 제외하면 거의 전부가 달라붙어 있는 것과 다름없었다.

　그러므로 도박장을 털며 용역깡패들을 검거하게 되면 자연히 학교 일진 문제에는 개입할 수 없다는 뜻이다. 개입을 해도 핫바지 몇 놈일 테니 그런 놈들은 동네 양아치라도 쪽수로 제압할 수 있었다. 더구나 우리가 은밀히 도와준다면 말할 것도 없다.

　결국 철없는 어린 일진이라는 놈들이 튀어나오게 될 거다. 그럼 그때 곶감 빼먹듯이 하나둘 잡아 혜리를 통해 자백을 받아내면 된다. 그래서 소년원에 보낼 놈은 보내고 돈이나 권력에 빌붙어 풀려나올 놈을 따로 응징하면 한 건 낙착이다.

　"이건 뭐 내가 생각했지만 아주 완벽하네."

　자화자찬이 되겠지만 빈틈없이 준비만 잘한다면 정말 간단한 일이다. 그 준비를 위해 한상일이 있는 배달의 기수를 방문했다.

　"한 사장은 날이 갈수록 신수가 훤해지는 것 같아. 설마 나 몰래 딴 주머니 차는 건 아니겠지?"

　"설마 그럴 리가 있겠습니까? 최소한의 품위 유지를 위해 사치하는 것 말고는 없습니다."

　"그래, 알아서 해. 언제 내가 확 돌아버릴지는 아무도 모르니까."

　"예, 반장님."

　일단 간단한 협박을 한 후 본론을 꺼냈다. 한상일이는 볼 때마다 내가 지켜보고 있다는 것을 상기시켜 줘야 헛된 생각을 안 한다. 그래야 놈도 편하고 나도 편해진다.

　"어제 들은 도박장 얘기 말이야. 그거 이곳 애들하고 작업 좀 하려고 하는데……."

　"어떤?"

　돈 냄새를 맡았는지 솔깃한 표정이다. 어쩌면 나에 대해 가장 잘 알고 있는 사람이 한상일일수도 있었다. 내가 결코 선한 놈이 아니라는 사실 말이다.

　"너 그동안 돈 좀 모아놨어?"

　"예? 갑자기 그게 무슨……. 그리고 제가 돈이 어디 있습니까? 그리고 가뜩이나 요즘 조직 확장 문제로 고생하고 있다는 걸 잘 아시잖습니까?”

“내 말이 바로 그 말이야. 배달의 기수를 전국 조직으로 확대하려면 자금이 필요하지. 여태껏 내 쌈짓돈으로 해결해 왔다만 알다시피 공무원 월급이 뻔하잖냐? 그렇다고 내가 니들 때문에 비리 경찰이 될 수도 없고 말이야.”

“…….”

한상일이 기가 막히는지 대답도 하지 못하고 입을 쩍 벌리고 있다. 그러거나 말거나 눈을 부라려 주고 계속 말을 이어 갔다.

“그래서 말인데 그 도박장. 우리가 작업하자는 말이야.”

“…예.”

한상일이 떨떠름한 표정과는 달리 순순히 대답한다. 처음에 말을 꺼낼 때부터 짐작하고 있었을 거다. 내가 말한 이유가 못마땅한 것이지 불가능한 일이 아니니까 말이다.

요즘 한상일은 강남에서 놀더니 은평구의 작은 조폭 따위는 안중에도 없다. 더구나 잘나가는 형사반장인 내가 주도하는 작전인데 실패는 없다는 것을 확신하고 있다. 뻔뻔한 말이 거슬리기는 해도 자금도 대주겠다는데 반항할 엄두도 내지 못한다.

아니나 다를까, 한상일이 적극적으로 참여할 생각이 들었는지 제가 할 일을 묻는다.

"반장님, 저희가 어떻게 하면 됩니까?"

"일단은 비밀리에 도박장에 대해 조사해 봐. 건물 주변의 지리도 알아놓고. 놈들 도주로도 확보하고. 그러고 나서 힘 좀 쓰는 애들로 한 100명 정도 추려봐. 손 빠르고 눈치 좋은 애들도 몇 명 준비시키고."

"손 빠른 애들이요?"

"그래. 판돈 빼돌려야 할 것 아냐? 아님 전부 압수해 경찰서로 간 뒤에 털래?"

"아, 아닙니다. 그거면 됩니까?"

배달의 기수에서 준비할 일은 그 정도면 될 거다. 나머지는 나와 부하들이 해야 할 일이니까 말이다. 조력자도 불러야 하고.

"응, 습격 날짜 잡히는 대로 연락할 테니 대기하고 있어. 아! 이번엔 애들 연장도 준비해야 할 거다. 그놈들이 순순히 손들고 항복할 리는 없으니까 말이다. 여기 애들 사대보험 다 가입했지?"

"아, 예. 준비하겠습니다. 보험 다 됩니다."

"그래, 험한 일 하는 사람들에게는 산재나 의료보험은 아주 중요한 거야. 나중에 후회 말고 꼭 들어봐. 그래야 니가 애들한테 덜 미안해. 내 말 명심하고 마저 일봐라. 난 간다."

"예, 반장님. 살펴 가십시오."

일을 시키면 책임도 져줘야 한다는 것이 내 생각이다. 하다 못해 일본의 야쿠자도 지키는 기본인데 그렇지 않은 곳이 너무 많은 게 문제다. 정치, 경제, 문화 모든 방면에서 그 문제는 도외시한 채 충성만을 강요하니 아이러니한 일이 아닐 수 없다.

뭐, 내가 떠든다고 사회 풍토가 고쳐지는 것은 아니지만 나라도 기본을 지킬 생각인 거다.

*   *   *

배달의 기수 사무실을 나와 은평 고등학교로 갔다. 잠복 중인 김 형사와 교대도 해야 했고 도박장 습격에 대한 의견도 들어봐야 했다.

내 계획이 아무리 완벽해도 여러 사람이 머리를 맞대면 더 좋은 방법을 찾을 수도 있으니까 말이다. 전혀 예상하지 못한 허점을 발견할 수도 있고 말이다.

또 명령에만 따라서는 부하들에게도 발전이 없다. 쓸모없는 의견이라도 자꾸 생각하는 버릇을 들여야 능동적인 인간이 되는 거다. 이런 배려심 깊은 상사를 만난 부하들은 저들이 운이 좋다는 것을 알는지 모르겠다.

커피 두 캔을 사들고 김 형사와 이 형사가 잠복하는 차량으로 접근해 창문을 두드렸다.

똑똑.

"어? 반장님!"

"수고들 많아."

"잘 마시겠습니다. 그런데 왜 벌써?"

교대시간이 아직 남았는데 내가 나타났으니 혹시 오늘 말뚝 서야 되는 건가 해서 불안한 거다. 사람들이 이렇게 상사의 마음을 몰라준다. 그렇다고 부하들에게 서운한 티를 내서는 안 된다.

"교대 시간도 얼마 남지 않았고 자네들과 의논할 일도 있고 해서 조금 일찍 왔어. 이곳 상황은 좀 진전이 있어?"

"뭐, 변함없습니다. 드나드는 애들도 많이 줄어들어 조용합니다. 반장님, 할 말씀 있으시면 거기서 그럴 게 아니라 타시죠. 그래도 보는 눈이 있는데."

"어, 미안."

덜컥. 탕.

잠복근무하는데 눈치없이 굴었다. 뒷문을 열고 차에 올라타자 운전석에 앉은 김 형사가 뒤를 돌아보며 묻는다.

"의논할 일이란 건……?"

"아! 그거. 지금 수사하는 은평고 일진 문제도 은평 건설하고 관련이 있다는 건 알고들 있지? 그런데 이번에 은평 건설 용역깡패들이 불법 도박장을 운영하고 있다는 정보가 들어왔어."

"예? 불법 도박장이요? 어디서 말입니까?"

"은평 중학교 하고 고등학교 사이에 체육관을 새로 짓고 있다며? 바로 그 건물이야."

"하아! 이거 완전 등잔 밑이 어두웠네요. 여기 잠복하고 있으면서도 까맣게 모르고 있었습니다."

"거리가 있잖아. 그렇게 쉽게 눈에 띄게도 하지 않았을 테고 말이야."

잠복이 아니었으면 두 사람도 발견할 수 있었을 것이다. 하지만 잠복을 하느라 온 신경이 오피스텔로 집중되어 있어 알아내기는 어렵다. 그래도 이 형사는 미안했는지 입맛을 다시며 내 의중을 물었다.

"쩝! 그건 그렇지만… 그래서 반장님은 어쩌실 생각이십니까?"

"일단 그쪽을 먼저 건드릴 생각인데 자네들 의견은 어때?"

"도박장부터 치겠다는 말씀입니까?"

"그래. 규모가 상당히 큰 걸로 봐서 이번에 크게 한탕하려는 모양이야. 무리하게 규모를 키운 것으로 봐선 현금이 급해 보이는데 보고만 있기는 좀 그렇고 피해를 좀 줘야 하지 않겠

어? 용역깡패들 잡아넣으면 이쪽 일도 수월해질 테고 말이
야."

"아! 그거 좋은 생각인데요? 용역깡패들 잡아넣으면 이쪽
에 지원하지 못할 테니까요."

쯧! 이래서야 의견을 구하는 의미가 없지 않은가? 이 사람
들도 시간만 충분하면 한 번쯤 굴려야 하는데 아쉽게도 함께
할 시간이 얼마 남지 않았다.

"그런데 반장님."

김 형사의 대답에 실망하고 있는데 이 형사가 조심스럽게
말을 꺼냈다. 하도 반가워서 껴안아주고 싶었지만 사내라서
참았다.

"왜?"

"도박장 건드렸다가 줄줄이 대기 타서 자살사건도 멈춰야
되는 건 아닙니까?"

오오! 역시 이 형사가 기대를 저버리지 않고 오랜만에 맘에
드는 소리를 한다.

"의원이나 검경의 윗대가리들 나올까 봐 그러지?"

"예, 은평 건설에서 하는 일이라면 누가 나와도 나오지 않
겠습니까. 저희 부서야 보름 후에 어차피 해체될 테지만 그
안에라도 저희들 대기만 시켜도 사건은 그대로 끝나는 것 아
닙니까?"

"응, 그럴 테지만 걱정하지 않아도 좋아. 그렇게 되면 손해는 더 커지고 서로 불신만 안게 될 테니까. 더도 말고 딱 15일만 붙잡아 두면 돼. 그건 기본이잖아."

"그건 그렇지만……."

"뒷일은 전부 내게 맡겨. 자네들까지는 피해가지 않게 해 줄 테니. 나 믿을 수 있지?"

"반장님이 그렇게까지 말씀하신다면… 좋습니다. 한번 해 보죠. 뭐."

이 형사도 찝찝한 걱정을 털어 버린 듯 밝은 표정으로 대답했다. 이건 다 내가 평소에 부하들에게 신뢰를 얻고 있었기 때문이다. 나 때문에 진급한 놈이 한둘이 아니니 당연히 믿을 수밖에.

직장인에겐 진급 시켜주는 상사에게 충성을 하는 건 당연한 일이니까 말이다.

경찰이 유치장에 가두고 조사할 수 있는 기간이 십 일이다. 그 안에 검찰에 송치하든지 한 번의 연장을 신청할 수 있다. 물론 은평 건설에서 손을 써 빼어내려 하겠지만 보름 버티는 건 어렵지 않다. 그리고 우린 딱 보름만 잡아두면 된다.

밀레니엄수사대가 해체되고 나면 개인적으로 수사를 진행시켜야 하는데 여러 가지 여건상 현실적으로 쉬운 일이 아니다. 그렇다고 내가 포기하지는 않겠지만 그렇게 되면 불법이 난무할 수밖에 없다. 민주 경찰이 어디 그래서야 쓰겠냐?

놈들을 잡아도 검찰에 넘어가든 넘어가기 전이든 피라미 몇 명을 제외하고는 다 나오게 될 거다. 그러기 위해선 거마비가 들 테고 거물이 움직일수록 돈은 더 들어갈 거다.

거기에 도박장 판돈은 다 날아가 버려 현찰이 급한 그들에게는 결코 적은 피해는 아닐 것이다.

그러면 자연히 그들 사이에서도 무리수를 두거나 불협화음이 생겨난다. 난 바로 은평 학원 내의 불화나 무리수를 두기를 기다리는 거다. 그때가 우리에게는 기회가 될 것이니 말이다.

은평 학원이나 건설이 어떻게 되는가는 전혀 상관없다. 자식 놈에게 신경 쓸 겨를이 없으면 된다. 그럼 애들은 꼭 실수를 할 테니까 말이다.

달칵. 텅.

김 형사 차에서 내리며 두 사람에게 말했다.

"그럼 여긴 나한테 맡기고 일찍 들어들 가봐."

"수고하십시오, 반장님."

부우웅—

자식들! 사양의 말 한마디 없이 사라져 버렸다. 나도 내 차로 돌아가 담배를 한 대 빼어 물고 긴 기다림 속으로 빠져 들었다.

—눈 내리는 밤은 언제나… 틱.

이크! 지연이 전화다. 애 선물도 당연히 안 샀다. 대답하는 내 목소리가 조금 떨리고 있을 거다.

"어, 지연아."

—너 출장 갔다며? 근데 경찰도 해외출장 가냐?

"내가 좀 잘났잖아."

—이그! 나한테 보고도 하지 않고……. 근데 지금 어디야?

다행히 선물은 언급하지 않는다. 애가 이렇게 쿨 해서 내가 좋아한다. 사실 요즘 세상에 해외여행 갔다고 선물 사오는 건 조금 촌스럽지 않냐?

아무튼 이제 농담할 여유를 찾았다.

"잠복 중. 너 때문에 사서 고생하는 중이다. 왜?"

—저번에 거기?

"응. 왜?"

애가 사람 답답하게 용건은 말하지 않고 엉뚱한 소리만 한다. 성질 급한 것 뻔히 알면서 꼬치꼬치 캐묻기는…….

—알았어. 갈게 기다려.

툭.

어? 애가 또 버르장머리 없이 제 할 말만 하고 끊어 버렸다. 도대체 언제 사람이 되려고 그러는지.

'애는 사람 불안하게 잠복하는 곳에는 왜 또 오겠다는 거야?'

요즘 지연이랑 엮여서 계속 피만 보고 있다. 그래서인지 만나기가 겁난다.

똑똑.

덜컥.

전화를 끊고 한 시간쯤 지나 지연이가 왔다. 잽싸게 조수석 문을 열고 손짓했다.

"빨리 타!"

"호호, 왜 이렇게 서두르실까?"

"지금 잠복근무 중이잖아. 동네방네 소문낼 일 있냐? 근데 손에 든 건 다 뭐냐?"

"햄버거 하고 피자. 너도 저녁은 먹어야 하잖아. 그래도 대갑이 신경 써주는 사람은 누나밖에 없지?"

"쩝! 그건 그러네. 아무튼 고맙다. 근데 또 무슨 일이냐?"

시큰둥한 질문에 지연이 씁쓸한 표정으로 고개를 저으며 대답한다.

"그냥. 니 말대로 나 때문에 고생하는 것 같아서 그냥 갈 수가 있어야지. 그래서 들렀어."

"휴우! 그럼 다행이고. 내 잔잔한 인생에 짱돌을 던지러 온 줄 알고 괜히 마음 졸였잖아."

"내가 뭐 니 인생에 태클이나 거는 여자니?"

애가 갑자기 날이 바짝 서 있다. 생리하는 것도 아닌 것 같은데. 평소 같으면 아무렇지도 않게 넘어갈 농담인데 신경질을 부린다. 꽤 오래 알고 지냈지만 처음 보는 낯선 모습이다.

"어? 왜 화를 내고 그래. 그런 뜻이 아니잖아."

"어휴! 관두자 관둬. 내가 이러려고 온 것도 아닌데……."

"안 좋은 일이라도 있었냐?"

"아냐, 됐어. 이제 그 얘긴 그만하자. 내가 신경이 좀 예민해서 그랬어."

지연이 사과를 하지만 뭔가 석연치 않았다. 하지만 그녀가 화제를 바꾸길 원하는 것 같아 더 이상 묻기도 어렵다. 뭔가 고민이 있는 것 같기도 하고…….

아무리 생각해 봐도 내가 특별히 심기를 거슬린 만한 말을 한 기억은 없다.

'말할 때가 되면 말하겠지.'

할 말도 없고 분위기도 어색한 것 같아 지연이가 사가지고 온 햄버거를 꺼내며 말을 건넸다.

부스럭.

"너도 먹을래?"

덜컥.

"야! 한대갑! …어휴! 난 됐으니까 너나 많이 처먹어라. 나 그만 간다. 이 돼지 같은 놈아!"

탕!

"어? 지, 지연아!"

빽 하고 소리를 지르고 문을 열고 나가더니 뒤도 돌아보지 않고 가버렸다. 너무 어이없고 황당한 일에 그녀의 이름을 불러봤지만 벌써 어디론가 사라져 보이지도 않는다.

'참나! 무슨 일이래?'

그래도 의리가 있어 지연에게 문자를 보냈다. 친구 사이에 챙겨줄 건 챙겨줘야 한다. 비록 선물은 잊었었지만.

─월요일 오전 10시 30분. 은평 중고등학교 체육관 신축 공사장 앞. 사진기자 및 주요 일간지 기자 선별 대동 요망.

Chapter 06

도박장을 털어라

“정말 다른 지원 없이 우리들만으로 되겠습니까? 수가 만
만치 않을 텐데요?”

“걱정 마. 지원 있으니까. 그냥 우린 들어가서 경찰이라고
폼만 잡으면 돼.”

“하지만 영장도 없지 않습니까?”

“없긴 왜 없어. 아침에 김 검사한테 받아왔어.”

송 형사의 말에 품속에서 수색영장을 꺼내 팔랑거리며 보
여줬다. 요즘엔 영화도 많이 나왔고 텔레비전에도 많이 나와
깡패들도 법에는 빠삭하다. 쌍팔년도처럼 영장 없이 무대포

로 들어갔다가는 이젠 씨알도 안 먹힌다는 얘기다. 나중에 문제도 되고 말이다.

그래서 영장심사가 거부되는 것을 막기 위해 어제 늦게 김 검사에게 영장발급을 부탁해 오늘 아침에 제일 먼저 받아가지고 왔다. 법원에 프락치가 있어도 이미 발부된 영장을 취소하지는 못할 거다.

"하하! 영장까지 직접 챙기신 걸 보면 반장님이 아주 단단히 벼르신 모양입니다."

"그럼. 내가 왜 이러는지는 끝나고 보면 알게 될 거야. 자, 단단히 각오하고 준비 철저히 해. 눈먼 칼에 찔리면 자기만 손해니까."

"예! 알겠습니다."

내 마음 같아선 부하들에게 회칼이라도 들으라고 하고 싶지만 경찰이 칼을 들어선 안 된다. 총이야 있으나 마나 한 거고 말이다. 총알 한 방 쏘고 나면 수백 발의 여론의 포화가 되돌아올 테니 엄두도 못 낸다. 이럴 거면 도대체 총은 왜 지급하는지 이해할 수가 없다.

영장을 강 형사에게 넘기고 우리는 공사를 하느라 길이 난 야산으로 차를 몰아 진입하기 시작했다. 중학교와 고등학교가 모두 야산을 깎고 만든 곳이라 주위가 전부 산이다.

은평 중고등학교는 정문을 통과하면 오른쪽으로 고등학교

가 있고 조금 더 올라가면 왼쪽에 중학교가 있다. 중고교 본관 앞에는 각각 대운동장이 있고 새로 짓는 체육관은 따로 떨어져 있다.

공사가 완료되면 정문을 통해 체육관으로 직접 갈 수 있지만 수업에 방해되지 않게 체육관까지 직접 연결되는 공사로를 따로 냈다. 우린 지금 그 길을 따라 올라가고 있는 것이다.

"한 사장, 준비는 확실하지?"

"예, 반장님. 명령대로 소란스러워지면 저희도 바로 공격하겠습니다."

"그렇게 하고 가장 중요한 건 놈들을 도망치지 못하게 하는 거야. 도주로는 확실히 막고 있지? 깡패 한두 놈은 놓쳐도 그건 절대 확보해야 해! 알지? 내가 무슨 말을 하는 건지?"

"예, 그쪽도 소란과 동시 놈들을 제압하고 통제할 겁니다."

"그쪽이 가장 중요해. 분명히 돈부터 빼돌릴 테니까 말이야."

"예, 저도 그렇게 생각해 눈치 빠르고 힘 좀 쓰는 애들로 배치했습니다."

서당개 삼 년이면 풍월을 읊는다고 하더니 한상일이도 이젠 제법 머리를 굴린다. 그래봐야 내 손바닥 안이지만.

"판돈을 확보하면 애들을 시키든 니가 직접 하든 무조건 반은 먼저 가지고 사라져. 나머지는 내게 가져오고. 알았지?"

"예, 제가 직접 사무실로 옮기겠습니다. 걱정 마십시오."

"응, 애들 다치지 않도록 다시 한 번 점검하고. 우린 지금 올라가는 중이니까 너희도 대기하고 있어."

"예, 반장님도 조심하십시오."

"왜 내가 칼 맞으면 좋잖아? 솔직히 이번 기회에 내가 훅 하고 갔으면 좋겠지?"

"에이, 반장님도. 저 그렇게 의리없는 놈 아닙니다."

지랄! 그런 놈이 잘도 후배를 살살 꼬여서 살인청부를 사주했다. 어디 피해 당사자인 내 앞에서 시를 읊어대는지… 쯧! 평생 내 옆에서 구르는 것으로 이미 오래전에 결정된 것을 놈은 모른다.

"그래, 잘해라."

한상일과의 통화를 끝내고 앞을 봐라봤다. 공사장 진입로는 트럭 한 대가 여유있게 지나갈 정도의 넓이다. 승용차 두 대면 봉쇄할 수 있다. 우리 밀레니엄수사대 다섯 명은 세 대의 차량을 동원해 씩씩하게 쳐들어가고 있는 것이다.

30, 40미터 앞쯤에서 경비를 서는 은평 건설의 양아치가 우리의 차를 발견하고 세우기 위해 다가서고 있었다.

"사이렌 켜고 액셀 밟아!"

애애앵— 앵앵—

부와아아아앙—

천천히 진입하던 차량이 일제히 경광등을 붙이고 속도를
올렸다. 막아서려던 양아치가 흠칫 놀라 비켜선다. 양아치는
무시한 채 체육관을 향해 달리며 확성기로 우리의 정체를 알
렸다.

"우리는 대한민국 경찰청 소속 밀레니엄수사대다. 너희는
모두 포위됐다. 모두 손들고 제자리에 엎드려라!"

끼이익. 끼이익. 끼이익—

두 대는 진입로를 봉쇄하고 내 차는 주차장 입구를 틀어막
았다. 차에서 내릴 때는 이미 이십여 명의 은평 건설 용역이
앞을 가로막고 서 있었다.

차에서 내리며 가로막고 있는 깡패들에게 말을 건넸다.

"여기 책임자가 누구냐?"

"당신들 뭐야?"

삼십대 후반쯤의 얼굴에 나 깡패요라고 쓰여 있는 놈이 앞
으로 나서며 묻는다.

"자, 이건 니들이 좋아하는 수색영장이다. 지금부터 우릴
방해하는 새끼들은 전부 공무집행방해죄 추가다. 강 형사, 진
입해!"

"예, 반장님!"

강 형사가 수색영장을 들이밀며 사내들에게 다가갈 때였
다.

부우웅— 끼이익.

부아앙— 끼이익.

십여 대의 차량이 다가와 형사들이 막아놓은 차 뒤로 멈췄다. 그들 차량에는 한결같이 주요 일간지의 사명(社名)이 적혀 있었다. 십여 대의 차량에서 이삼십 명의 기자가 카메라를 들고 내렸다.

그 광경을 지켜본 은평 건설 깡패들의 얼굴에 당황한 기색이 역력해지며 처음 나선 사내를 쳐다보며 어떻게 해야 하냐고 묻고 있었다.

뜻밖의 사태에 사내도 당황했지만 무슨 명령이라도 내려야 한다는 것을 깨달은 듯 인상을 구기며 부하들에게 소리 질렀다.

"막아! 아무도 들어가지 못하게 해!"

"형님! 기자들도 있습니다."

"입 닥치고 막아, 새끼야! 뒤는 내가 책임질 테니까!"

사내가 한소리 더 지르자 그제야 깡패들이 쭈뼛거리면서도 우리를 에워싸며 입구를 가로막았다.

송 형사가 어이없다는 듯이 손에 쥔 영장을 흔들며 말했다.

"하아! 이 자식 봐라. 너 지금 무슨 소리를 했는지는 알기나 하냐? 무식하면 용감하다더니 나 원…… 기자님들 이거 잘 찍어주쇼. 지금 막 대한민국 공권력이 깡패 새끼들한테 씹

혔으니까.”

번쩍. 찰칵. 찰칵.

기자들이 연신 카메라 셔터를 누르고 있자 사내가 벌겋게 달아 오른 얼굴로 소리 질렀다.

“야! 카메라 전부 빼앗아!”

“예, 형님!”

용역들이 기자들에게 험악한 인상을 지으며 우르르 몰려가려 해 권총을 꺼내 허공을 향해 쏘았다. 물론 이건 공포탄이다.

타앙—

총 소리가 나자 멈칫 제자리에 멈춘 용역들에게 친근한 미소를 보이며 말했다.

“모두 제자리에 서! 생명을 위협받는 중대한 상황에서는 발포할 수 있다는 사실은 니들도 알겠지. 기자님들 생각은 어떻습니까?”

고개를 돌려 기자들에게도 질문을 하자 여기저기서 정당한 발포라는 소리가 들려왔다. 그러자 용역들은 달려들지 못하고 욕설만 퍼부으며 체육관을 향하는 입구만을 지키고 있었다. 언뜻 보면 상대가 경찰이고 기자라서 함부로 하지 못하는 것으로 보였다.

하지만 난 놈들의 생각을 알 수 있었다. 용역들은 싸움을 벌이든 대치를 하든 시간을 벌 수만 있으면 족했다. 판돈과 도박꾼들을 빼돌리고 있으니까 말이다. 어차피 증거가 없으면 수색영장이고 뭐고 아무 소용없는 거다.

아마도 이곳에 모습을 나타내기 않은 깡패들은 손님과 판돈을 챙겨 도주하고 있을 것이다. 나머지야 잡혀도 큰 문제가 되지 않을 테니까.

그런데 나 역시 괜한 충돌로 부상자가 생기는 것은 바라지 않는다. 형사들이야 개값이니까 부상을 입든 사망을 하든 논외다.

그러나 기자는 다르다. 한 명이라도 부상자가 나오면 놈들은 물론 경찰인 우리까지 욕을 먹게 된다. 그러니 나로서도 충돌은 피하고 싶은 거다.

그렇게 용역들과 우리의 이해관계가 맞아 떨어져 잠시 대치상태가 지속되고 있었다. 기자들과 다른 형사들이 이상하게 생각했지만 난 부하들의 진입을 재촉하지 않았다.

이곳은 입으로만 떠들며 대치하고 있지만 총소리가 난 순간 다른 곳은 이미 격렬한 몸싸움이 벌어지고 있을 거다.

우리가 진입할 때는 용역들이 그 변화를 알아차리고 지원하기 위해 움직였을 때다. 원래 도망가는 적은 저항 의지가 별로 없기 때문에 상대적으로 우리 측의 피해가 적은 법이다.

도주로에 이상이 생겼다는 것을 용역들이 눈치채기까지는

그리 오래 시간이 필요하지 않았다. 놈들이 눈에 띄게 당황한 표정으로 하나둘 체육관 뒤편으로 몰려가기 시작했다. 그러더니 금세 체육관을 가로막고 있던 용역들이 전부 사라졌다.

"자, 강 형사, 송 형사! 우린 체육관으로 진입해 증거를 확보한다."

"예, 반장님."

"기자 분들도 이젠 들어가셔도 될 겁니다. 잘 좀 찍어주십시오."

부하들과 기자들을 체육관 쪽으로 보내고 보는 사람이 없는 곳에서 도주로를 향해 전력으로 달렸다. 오랜만에 최고속도에 가깝게 달리니 기분이 상쾌하다.

휘익. 타다다닥.

—죽여!

—이 씨벌놈들은 뭐야!

휘익. 퍽. 부웅. 퍽.

—끅!

—으악!

—저 새끼 잡아! 한 놈도 놓치지 마!

도주로에는 배달의 기수 30여 명과 용역 10여 명의 싸움이 한창이었다. 용역들이 일당백의 용사가 아닌 이상 쪽수와 사기에서 한참 밀려 일방적인 구타에 가깝게 진행되고 있었다.

한상일이도 보이지 않고 이곳에서는 내가 할 일이 없을 것
같아 학교로 들어가는 길목으로 이동했다. 그곳도 마찬가지
로 용역과 싸움이 한창이다.

―저 새끼들 잡아!

―죽어!

부웅― 깡! 휘익― 퍽. 퍽.

―끅!

숫자는 배달의 기수가 30명 정도에 용역들이 10여 명이었
다. 또 이곳이 주 도주로였는지 남녀 도박꾼들 30여 명도 함
께 있었다. 그런데 입구를 막던 용역들이 차츰 이곳으로 몰려
오고 있어 빨리 제압하지 않으면 부상자도 나올 수 있는 상황
이었다.

"반장님!"

배달의 기수 중에 한 명이 날 발견하고 이 와중에도 구십도
인사를 한다.

"한 사장은?"

"예, 먼저 가셨습니다."

"챙겼냐?"

"예, 두 자루 가져가고 저놈들한테 아직 두 자루 남았습니
다."

"아! 이 자식은 꼭 제 것만 챙겨 가지고……."

한상일은 딱 절반을 확보하자 먼저 튄 것이다. 최소한 한 자루는 더 들고 튀어야 했는데. 내가 시켰으니 뭐라 말도 못하고 답답하기 그지없었다.

재빨리 용역들을 훑어보니 두 개의 마대 자루를 움켜쥐고 있는 놈이 보였다. 아마 간부쯤 될 거다. 지금 빨리 빼앗지 못하면 국고로 들어간다. 최소한 하나는 더 빼돌려야 했다.

타다다다다. 휘익.

마대 자루를 든 놈에게 일직선으로 달려들었다.

"어어! 저 새끼 뭐야! 잡아!"

"죽어!"

휘익. 부웅—

야구 방망이와 쇠파이프가 좌우에서 날아들었다. 피하고 자시고 할 필요도 없었다. 양손을 들어 방망이를 막고 쇠파이프를 막았다.

땅. 땅.

"뭐, 뭐야? 이 새끼."

"비켜!"

휘익—

파이프와 방망이가 팔목에 부딪쳐 팅겨 나가자 황당한 표정을 짓고 있는 두 놈을 지나쳐 마대 자루에게 달려들었다.

"넌 뭐… 큭!"

휘익— 퍽. 콰직. 털썩.

퍽. 퍽.

"꾸엑!"

쓰러진 놈을 몇 번 더 밟아줬더니 묘한 비명을 지르면 눈이 돌아간다.

"넌 몰라도 돼! 퉤!"

마대 자루를 잡으려는데 다른 놈이 칼을 뽑아 들고 달려든다.

쉭—

휘익. 빡. 콰직.

"끄악!"

칼 든 손을 잡아채 몸 쪽으로 끌어 들이며 안면에 박치기를 박아 넣고 손목을 꺾어 부러뜨렸다. 그것만으로는 분이 풀리지 않았다.

방망이나 파이프와 사시미 칼은 의미가 다르다. 칼은 사람을 죽일 결심을 하고 휘두르는 것이다. 한마디로 놈은 날 죽이려고 했다는 뜻이다. 물론 튼튼한 내 몸에 상처도 내지 못하겠지만 얘기가 다르다.

죽이려고 했는데 능력이 모자라 못 죽인 거지 내가 평범한 사람이라며 죽을 수밖에 없다. 그러니까 놈은 살인미수다. 내가 멀쩡해도 말이다. 더구나 다른 사람도 아닌 날 죽이려고 했다.

내 성격에 이런 놈을 어떻게 용서할 수 있겠냐? 용서하면 한 대갑이 아닌 한상일이라고 해야 할 것이다. 필리핀에서 한 번 고개를 쳐든 살심이 다시 피어오르는 것을 느꼈다.

"넌 이미 죽어 있다."

기억에 남은 만화 대사를 읊조리며 부러진 팔을 잡고 뒹구는 놈에게 다가갔다. 우선 발로 양 허벅지를 밟았다. 힘껏!

퍽. 퍽.

"끄아악!"

널브러진 놈의 멀쩡한 팔목을 밟아 짓이겼다.

콰직. 우지직.

"끄르르륵."

놈이 고통을 이기지 못하고 거품을 물고 정신을 잃으려고 한다.

빡! 빡 !빡!

머리채를 잡아 상반신을 일으켜 세워 양눈에 한 방, 코에 한 방을 갈겼다. 이것도 힘껏!

"으악!"

다시 정신이 돌아온 듯했다. 말없이 머리채를 잡아 엉켜 싸우는 곳으로 질질 끌고 갔다.

"으으……. 사, 살려주세요!"

“씹째야, 칼 장난하기 전에 그런 말을 해야 신빙성이 있지. 이 개새끼야!”

전부 들리게 큰 소리로 욕을 하며 다시 놈을 두들겼다. 이번엔 약하게.

퍽. 퍽. 빡. 빡.

“크헉……! 제, 제발 용서해… 끄르륵……!”

결국 놈이 다시 정신을 잃었다. 놈의 머리채를 놓고 주위를 둘러보자 어느새 싸움은 멈춰 있었다. 배달의 기수고 용역이고 손을 놓고 날 멍하니 쳐다보고 있다. 그러다 나와 시선이 마주치면 흠칫하며 화급히 고개를 돌린다.

“연장 버리고 모두 꿇어! 뒈지고 싶으면 끝까지 덤비든지!”

툭. 댕그렁. 철컹.

털썩. 털썩.

서 있는 깡패들이 질린 표정으로 들고 있던 무기를 버리며 무릎을 꿇었다. 깡패들이 무릎을 꿇는 데 서 있을 만큼 담이 큰 도박꾼들은 없었다. 남녀 할 것 없이 모두 제자리에 주저앉았다.

“이 새끼들 다 묶어!”

배달의 기수 회원들이 깡패들을 묶고 있을 때 처음 날 아는 체했던 덩어리를 손짓으로 불렀다. 가까이 온 덩어리의 귀에 대고 속삭였다.

"마대 자루 하나 조용히 가져가 한 사장한테 줘. 내가 나중에 들르겠다고 하고."

"예! 반장님."

조금 전에 깡패를 패는 모습을 보곤 모두 군기가 바짝 들었다. 이러니 좋은 말로 하려다가도 무력시위를 하지 않을 수 없는 거다. 말보다 백 배는 효과가 빠르니까 말이다.

덩어리가 마대 자루 하나를 메고 사라지는 것을 지켜보다 나도 나머지 한 자루를 짊어지고 체육관을 향해 어슬렁거리며 내려갔다.

지금쯤 한참 증거확보에 열을 내고 있을 거다. 도박판이나 도구 등이 그대로 남아 있은 테니 어려운 일은 아니다. 문제는 판돈이지, 그런 것들은 하등의 문제가 안 된다. 그런데 판돈을 확보했으니 일은 끝난 것이나 마찬가지다.

"송 형사, 관할서에 전화해서 호송차 좀 지원해 달라고 하고 강남서에 유치장 현황 알려달라고 해서 분리해 수용할 수 있도록 해."

단체 손님을 받으려면 유치장 확보도 중요한 일이다. 어림잡아도 7, 80여 명은 될 텐데 한 번에 수용할 수 있는 곳은 없다. 이들의 조서를 꾸미는 것도 우리 다섯이 하루 종일 매달린다고 해도 보름 안에는 불가능하다. 그렇게 매달리지도 않을 테고.

판돈이 든 마대 자루를 깔고 앉아 바쁘게 움직이는 부하들
과 기자들을 지켜보고 있는데 지연이 다가와 말을 건넸다.

"그건 뭐냐?"

"돈."

"무슨 돈?"

"도박장 판돈. 증거물이야."

"헤에! 그게 다 돈이라고? 대체 전부 얼마나 든 거야?"

발로 마대 자루를 툭툭 걸어차며 묻는다. 엊그제 내게 신경
질을 내던 지연이 아니다. 그렇다고 신문기자 안지연도 아닌
뭔가 미묘한 느낌의 지연이다. 그런데 왠지 이제는 예전처럼
놀리는 재미를 느끼지는 못할 것 같은 예감이 들었다.

"나도 몰라. 알면 뭐하겠냐. 내 돈도 아닌데……. 배만 아
프지."

"호호, 그건 그렇다. 근데 갑자기 여긴 어떻게? 혹시……?
이거 현지 자살사건하고 관계있는 거지? 그렇지?"

아직 지연이 감은 녹슬지 않은 것 같다. 하기는 나랑 친구
한 지도 벌써 5년이 지났다. 시커먼 내 속내를 알고도 남을
애다.

"응, 여기저기 찔러 보는 거야. 놈들 정신 못 차리게. 그러
다 보면 실수하는 게 나올 거야."

"호오! 과연 황소반장다워."

“황소반장이 뭐?”

“짜샤! 칭찬하면 그냥 그렇구나 하고 들어. 사람 난처하게 하지 말고. 아무튼 오늘 고맙다. 이정도 사건이라면 사회면 일면은 확정이야. 사학재단과 도박장. 전혀 연관이 없을 것 같은 조합이니까 말이야.”

“달아둬. 나중에 딴소리 하지 말고.”

“어휴! 요즘 그 소리 왜 안 하나 했다.”

지연과 이런저런 애기를 하고 있는데 은평 서에서 호송차 지원이 나왔다. 호송버스에 깡패들과 도박꾼들을 싣던 송 형사가 누군가와 애기를 나누더니 머리를 긁적거리며 내게 와서 말한다.

“반장님이 좀 가보셔야 할 것 같은데요?”

“왜? 누군데?”

“은평 서 형사계장 김준표 경감이랍니다. 관할서 무시했다고 방방 뜨는데요?”

“호오! 그래? 가보자. 뭐라고 하는지 궁금하니까 말이야.”

벌써 뒤가 구린 놈들이 나타나기 시작한 모양이다. 그것도 관할서의 형사계장이 직접 행차까지 하셨다. 그래봐야 경찰은 검찰의 밥이다. 밀레니엄수사대는 경찰보다는 검찰의 입김이 센 곳이고 말이다.

“충성, 밀레니엄수사대 한대갑 경위입니다.”

"자네가 황소반장인가? 난 은평서 강력계장 김준표 경감일세."

"예, 저를 그렇게들 부르고 있습니다. 그런데 계장님이 어떻게 여기까지……."

말꼬리를 흐리며 김 계장을 처다봤다. 경감이 설마 호송하러 왔을 리는 없으니까 빨리 본론을 말하라는 얘기다.

"도대체 이 도박장 누구 지시로 수사하는 건가?"

"예? 그게 무슨? 저흰 제보를 받고 수사에 착수했습니다만 무슨 문제라도?"

"제보? 누가 제보를 했단 말인가?"

"제보자 신변은 기밀사항입니다. 그런 사실은 누구보다 잘 알고 계실 계장님이 그런 말씀을 하시면 곤란합니다."

"아니! 이 사람이……! 참나! 이 도박장은 우리가 수사 중인 곳이란 말일세. 그런데 느닷없이 자네들이 치고 들어오면 우린 어쩌란 말인가?"

김 계장은 내게 성질을 내려다 뒤편에서 사진기를 들이대고 있는 기자들을 발견했다. 당황한 얼굴로 급히 변명을 늘어놓고 있다.

그런데 그 변명이라는 것이 가관이었다. 김 계장의 말대로라면 이제 곧 문 닫고 뜰 놈들을 지금까지 지켜만 보고 있었다는 말이다. 아마 지켜는 보고 있었을 거다. 우리처럼 엉뚱한 곳에서 쳐들어올까 봐 말이다.

한마디 할까 하다 내 신조에 어긋나 가만히 있었다. 윗사람들과 친하게 지내자는 신조 말이다. 사실 시간을 끌어야 할 필요가 있어서 장단 좀 맞춰줄 생각이다.

시간?

아까 말했잖냐? 우리에게는 보름의 시간이 필요하다고.

"아! 그러셨습니까? 그렇다면 더 잘됐군요. 이놈들 곧 정리하고 튈 생각이었습니다."

"그전에 우리가 잡아들였을 걸세."

"아, 물론 그러시겠죠. 그럼 이놈들에 대한 기본 조사는 다 되어 있겠군요?"

"물론이지. 오늘 내일 잡아들일 생각이었으니까 말이야."

"그럼 이렇게 하는 것이 어떻겠습니까?"

"어떻게 하겠다는 건가?"

내가 던진 미끼에 김 계장이 관심을 보였다. 이제 달콤한 말로 정신을 혼미하게 만들면 된다.

"이 사건은 은평서로 이관하겠습니다."

"정말인가? 정말 그렇게 해줄 텐가?"

"저희도 경찰입니다. 밀레니엄수사대 실적이 되면 저희보다는 검찰 쪽이 득을 보지 않습니까? 저희야 검사들 따가리밖에 안 되고요."

“그야 그렇지.”

“그래서 이관하겠다는 겁니다. 계장님이 싫다고만 하지 않으면 말입니다.”

“싫긴! 한 반장, 당연히 우리가 해야 되는 일인데 싫을 게 뭐가 있겠나. 그렇게 해주면 내 자네를 잊지 않겠네.”

네가 잊지 않으면? 실제로 진급을 해도 내가 먼저 할 것 같은데 나에게 뭘 해줄 수 있다고 은근히 손을 잡는지 모르겠다. 돈도 나보다 없어 보이는데.

그렇다고 철없이 싫은 내색을 할 내가 아니다. 아주 황송해 죽겠다는 얼굴로 말했다.

“하하, 감사합니다. 저도 경찰로서 할 일을 하는 것뿐입니다.”

“그래 종종 연락하고 지내지. 어려운 일이 있으면 연락하게.”

중수부장하고 노는 나한테 경감 나부랭이가 별말을 다한다. 조직사회에 있는 특히 군인이나 경찰 등 공무원은 제가 굉장히 대단한 사람인 것으로 착각하는 사람이 꽤 많다. 아니 대부분이다. 정말 병신들인 거다. 그런 사람들을 보면 너 없어도 아무 문제없이, 아니 오히려 잘 굴러갈 거라고 해주고 싶다.

“예, 그런데… 계장님께 양해를 구해야 할 문제가 하나 있습니다.”

“뭔가? 말해보게.”

“말씀드렸다시피 이번 수사는 외부제보로 인한 것이기 때문에 상부에 결과 보고는 필수입니다. 또 저희가 검찰의 지휘를 받기 때문에 일단 강남으로 연행을 해야 합니다.”

“으음! 그건 그렇지. 그래서 어떻게 하겠다는 말인가?”

“예, 아무래도 지휘검사의 체면 때문이라도 바로 이곳으로 이관하기는 어려울 것 같습니다. 저희 보스가 중수부장인 하성민 검사장입니다. 그러니까 괜찮으시다면 은평서에서 형사들을 몇 명 지원해 조서부터 꾸미는 것이 어떻습니까?”

보스를 들먹거린 이유는 경찰총장이 나서도 쉽지 않은 일이라는 것을 주지시키기 위해서다. 그러니 너는 가만히 시키는 대로 하라는 뜻인데 잘 알아들었을지는 모르겠다. 저도 머리가 있으면 알아들었겠지.

“우리 형사를?”

“예, 저희 밀레니엄수사대는 인력도 부족하고 또 언제 다른 사건이 터질지 몰라 전력을 기울일 수 없습니다. 그러니 형사들을 지원해 초동조사를 하며 자연스럽게 이관 받는 것이 어떻습니까? 겨우 사설도박장과 도박사범 아닙니까. 어렵지 않을 겁니다.”

“좋아, 당장 우리 서에서 형사 2개 반을 지원하도록 하지.”

"감사합니다, 계장님. 덕분에 저희도 한숨 돌릴 수 있겠습니다."

김 계장이 환한 표정을 지으며 노타임으로 지원을 결정했다. 이런 걸 보면 김 계장도 바보는 아니다. 앞으로 벌어질 일과 자신이 해야 할 일을 잘 알고 있는 거다.

잘만 하면 은평 학원 쪽에 생색도 내고 나름 그의 경력도 관리할 수 있는 문제였다. 얼마나 받아먹었을지는 몰라도 김 계장이 은평 측에 해줄 수 있는 일은 사건을 축소하거나 풀어주는 거다.

관내에서 벌어진 일이라면 석방도 가능하나 이건 중수부장이 관여한 사건이다. 사실은 뻥이지만 말이다. 아무튼 김 계장은 그렇게 알고 있으니 섣부르게 석방시킬 수는 없다.

그렇다면 사건을 축소해야 하는데 초등수사 과정에 부하들을 참여시킨다면 충분히 가능한 일이다. 이런 사실들을 은평 측에 넌지시 알려주면 그 사례도 상당할 것이 분명하다. 나머지 검찰 측 로비는 은평이 알아서 할 것이고 말이다.

그런 이유로 당연히 김 계장의 표정이 밝아질 수밖에. 나한테도 진심으로 고마워하고 있을 거다. 물론 나도 진심으로 고마웠다. 일손 부족한 우리를 대신해서 조서를 꾸며주니까.

"자! 다 실었으면 가자고?"

"예, 반장님."

"강 형사, 피의자들 유치장에 분산 수용하는 것만 확인하고 반원들과 사무실로 들어와. 내가 할 말이 있어."

"알겠습니다. 퇴근 전에는 들어가겠습니다."

"그럼 수고들 해. 난 먼저 들어가 있을게."

"예, 수고하셨습니다. 반장님."

호송차가 떠나는 걸 보고 한 상일이 기다리고 있는 사무실로 향했다.

*　　　*　　　*

배달의 기수 사무실에 한상일이 보이지 않았다. 혹시나 했지만 제 놈이 목이 두 개가 아니라면 들고튀지는 않았을 거다. 전화받는 덩어리에게 물었다.

"한 사장은?"

"예, 사무실에 계십니다."

찰칵찰칵.

어? 문이 잠겨 있다. 내가 교육시킬 때를 제외하고는 한상일이 사장실이라고 해서 문을 잠근 경우는 한 번도 없었다.

똑똑.

"한 사장! 나다."

덜컥.

"아이고, 이제 오십니까. 아까부터 기다리고 있었습니다."

"왜 문은 잠그고 지랄이야?"

"쩝! 이거 현찰을 가지고 있으니까 은근히 떨리더라고요. 애새끼들도 못 믿겠고……."

퍽!

"에라! 새끼야. 두목이 지 새끼를 못 믿으면 누가 널 따르겠냐? 그리고 난 네가 제일 의심스러워 인마! …아무튼 잘했다."

아닌 게 아니라 돈을 세고 있었는지 책상위에 현금이 수북했다. 절로 마른침이 넘어갔다.

꿀꺽!

"전부 얼마야?"

"16억이 조금 안 됩니다."

"수표는?"

"다른 건 없고 십만 원짜리만 387장이고 나머지는 다 오만 원짜립니다."

오만 원권이 나와 이런 데 쓰이고 있다. 차라리 십만 원권을 만들지…….

도안은 또 왜 일본 판박이로 했는지 신사임당이 지하에서 눈물을 안 흘리면 다행이다. 일본도 여성, 한국도 여성 정말 공교로운 우연이다. 쩝!

“우아! 이 정도 판돈이면 오늘내일 정리했겠는데? 우리가 운이 좋았어.”

“예, 며칠 내로 정리했을 겁니다.”

자신의 공로를 알아달라는 듯한 표정이다. 정보를 물어왔으니까 말이다.

“거기서 4억만 따로 떼어 놓고 나머지는 배달의 기수 전국 지부 설립에 써.”

“저, 정말 다 써도 됩니까?”

이 자식은 내가 반 정도는 챙길 것으로 생각했을 거다. 그런데 삼 분의 일도 안 가져간다니 놀랄 수밖에. 그래서 이렇게 믿기 어렵다는 얼굴을 하고 있는 거다. 그것도 내가 갖는 것이 아니라고 하면 이놈은 절대 믿지 않을 거다. 그래서 그냥 놔둔다.

“인마, 시도별로 지부건물 임대하는 데도 그 정도는 들어가. 부족한 건 이제 니들이 벌어서 해. 내 주머니에서는 더 이상 나올 것도 없으니까?”

“예, 예! 반장님.”

“오만 원권으로 1억씩 네 개로 나눠 놔라. 나중에 찾아 갈 테니.”

“나, 나중에요?”

“왜?”

“지금 가져가시면 안 됩니까? 혹시 잊어버리기라도 하면……．”

간이 작은 건 천성이라 어쩔 수 없나 보다. 이젠 제가 만지는 돈도 제법 될 텐데 겨우 4억에 이렇게 좌불안석을 하는 것을 보면 말이다. 이런 놈은 크게 사기도 못 친다. 아니지 내 돈이라서 그런 것일지도…….

배달의 기수 사무실에서 나오면서 부하들에게 건넬 시기를 생각해 봤다. 1억이 사람의 인생을 바꿔놓을 만큼 큰돈은 아니지만 형사들의 인생은 충분히 바꿀 수 있다. 비리경찰에서 청백리로 말이다.

사실 모든 비리나 부정부패의 원흉이 돈 때문이 아니냐. 부하 형사들이 그 돈이 있음으로 해서 검은 유혹에서 벗어나 떳떳한 경찰로 남을 수 있다면 억울한 피해자가 하나 줄어드는 것과 마찬가지다. 그들 역시 죄책감에 시달리지 않아도 되고.

‘역시 이번 일을 마무리한 뒤가 좋겠어.’

전별금은 전별금답게 마지막 날 전하기로 했다.

THE PUNISHER
Chapter 07
나타난 백호 문신

—반장님, 드디어 걸렸습니다.

도박장을 털고 나서 4일 만에 잠복 중인 김 형사에게 연락이 왔다.

"그래? 어떤?"

—오피스텔로 애들이 모여들기 시작하는데 벌써 30명이 넘습니다. 아무래도 한바탕할 모양인데 어떻게 할까요?

"설마 잔챙이들만 나서는 건 아니겠지?"

—글쎄요? 그렇다고 해도 놈들이 주가 되는 건 틀림없을 겁니다.

"일단 상황을 지켜보다 황병철이 패거리가 없으면 양아치들보고 한번 눌러주라고 해. 당하고 나면 안 나올 수가 없지. 양아치 놈들에게도 알려서 준비할 수 있도록 해. 밟으려면 확실히 밟아줘야 하니까."

—예, 반장님. 그럼 다시 보고 드리겠습니다.

도박장을 턴 다음 날부터 졸업한 지 일이 년 지난 양아치들을 대거 은평 중고교 주변에 풀어놓았다. 돈을 빼앗거나 학생들을 대상으로 한 범죄행위는 금지시켰지만 놈들이 어슬렁거리는 것만으로도 일반 학생들에게는 충분히 위협이 된다.

그리고 소위 일진과 그 주변에 빌붙어 껄렁대는 놈들 중에 몇 명에게는 돈도 빼앗고 폭행을 가하기도 했다. 물론 형사들과 난 전혀 모르는 일이다. 양아치들을 사주한 적도 없고 말이다.

아무튼 그렇게 황병철 패거리의 위세를 꺾어놓자 사 일 만에 반응이 온 것이다. 황병철이 놈도 나이는 어리지만 이 세계의 법칙을 잘 이해하고 있는 거다. 한 번 양보하면 자리를 내줘야 한다는 사실을 말이다.

문제는 황병철이와 일진들이 직접 나서야 하는데 과연 그렇게 할지가 의문이다. 비록 나이가 어리다고는 해도 보통 약은 놈이 아니기 때문이다. 아마도 부모에게 배운 게 '앞에 나서지 마라!' 일 테니까 황병철이와 최측근 몇 명은 뒤에서 지시만 할 것이 분명하다.

하지만 그것도 전력이 충분할 때의 얘기다. 이번에 양아치들에게 밀리면 직접 나서든지 손을 떼게 될 것이다. 아니면.

'회유를 하려 하겠지!'

그러나 마음대로 되지는 않을 거다. 회유를 해도 은평 건설의 용역깡패들이 있을 때나 가능한 일이다. 아무리 황병철이가 잘났다고 해도 한두 살이 더 많은 양아치들이 머리를 숙이지는 않는다. 이 나이 때에는 쪽 팔린 게 우선이니까.

'결국 제대로 붙는 수밖에 없다는 뜻이지.'

이때서야 내가 나설 때다. 일단 이번에 싸움이 벌어져도 황병철이 패거리는 석방한다. 비록 양아치에게 졌지만 전력의 손실이 없는 황병철 패거리는 오해하게 될 것이다. 경찰이 부모의 입김으로 자신들은 건드리지 않는다고 말이다.

그렇게 안심하고 적극적으로 양아치를 몰아내려고 할 것이다. 물론 한 번 깨진 전과가 있으니 이번에는 총력을 기울여 상대할 것이다. 황병철과 일진들 모두가 나서서 말이다. 그러니 잠시 더 기다려야 한다.

내 예상대로 그날 은평 고등학교 학생들과 양아치들이 패싸움을 벌였다. 난 부하들과 구파발 파출소의 김 경장을 움직여 현장에서 두 무리를 체포 연행할 수 있었다. 물론 구파발 파출소에서 학생이라는 이유로 훈방해 주고 말이다.

다음 날 아침. 바로 이 형사의 보고가 들어왔다. 황병철과 일진들이 행동에 나섰다는 연락이다.

—반장님, 고딩들이 반격을 시작했습니다.

"어떻게?"

—몇 명씩 몰려 있던 양아치들을 각개격파로 부수고 있습니다.

"지금 상황은?"

—열두 명을 잡아서 학교 야산에 묶어놓고 전부 모여들고 있습니다. 폼을 보아하니 이젠 한 번에 들이칠 생각입니다.

정면으로 맞부딪쳐 봐야 어렵다고 생각한 모양이다. 먼저 수를 줄여놓고 정면 대결을 하겠다는 생각이다. 그래야 학생들한테도 면이 설 테니까 말이다.

"좋아! 우리도 출동할 테니 그쪽도 준비해."

—예, 반장님.

이미 학교 근처에 대기하고 있었기에 싸움만 벌어지면 바로 연행할 준비를 해두었다. 문제는 학생들이라 부모에게 바로 연락을 해야 한다는 사실이다. 우리는 부모가 오기 전에 자백을 확보해야 하고 말이다.

—소원을 말해봐! 니 마음속에 있는 작은 꿈을 말해봐.

니 머리에 있는 이상형을 그려봐. 그리고 나를 봐.

난 너의 Genie야, 꿈이야, Genie야… 틱. 어, 오빠.

"혜리야, 지금 먼저 가서 기다리고 있어. 곧 놈들 데려갈 테니."

―오늘이야?

"응, 지금 잡으러 간다."

―알았어. 한 시간 안에 가 있을게.

"그래, 고맙다."

자백은 혜리가 있는 한 걱정할 필요 없다. 다음은 지연이.

―Just One 10 MINUTES 내 것이 되는 시간… 틱. 대갑아, 왜?

"지금 애들 잡으러 간다. 학교로 와라."

―오케이! 30분 안에 갈게.

지연이와 취재팀은 이미 대기 중이었다. 이로서 우리 쪽 준비는 다 끝났다.

"강 형사, 우리도 가자."

"예, 반장님."

우리가 싸움이 벌어진 곳에 도착했을 때는 이미 양아치들의 패배가 결정적일 때였다. 양아치들이 쪽수에서 부족하고 우리의 지시도 있어 적극적인 대항을 하지 않았던 결과다.

애애앵― 애앵― 앵앵―

"너희는 포위됐다. 우리는 경찰이다. 모두 무기를 버리고 제자리에 앉아라. 우리는 밀레니엄수사대다. 모두 제자리에 앉아라!"

싸이렌을 켜고 확성기를 통해 싸움을 멈출 것을 지시했다. 양아치들은 이미 제자리에 앉았고 학생들은 일진들의 눈치를 보며 어쩔 줄 몰라 하고 있었다.

"튀어!"

개중에 몇몇이 도주를 시도했으나 형사들과 구파발 파출소의 순경들이 길목을 막고 있었다. 도망치려던 학생들이 다시 잡혀오자 황병철이 피식 웃더니 학생들을 향해 입을 열었다.

"모두 경찰이 시키는 대로 해! 우리가 죄 지은 것도 없는데 도망은 왜 가? 다들 무기 놓고 앉아!"

웅성웅성. 와글와글.

다른 학생들이 아직 망설이고 있자 일진 중에 한 놈이 소리를 질렀다.

"야, 개새끼들아! 병철이 말이 안 들려! 앉으라고 했잖아!"

댕그랑. 툭. 털썩. 털썩.

그 말이 떨어지자 말자 화들짝 놀라 모두 들고 있던 무기를 버리고 자리에 앉았다.

"모두 지시에 따라줘서 고맙다. 모두 조용히 하고 잘잘못은 경찰서에 가서 따지면 된다. 죄가 없는 사람은 모두 풀려

날 테니 경찰관의 지시를 잘 따라주기를 바란다."

확성기를 끄고 지연이에게 말했다.

"이 형사 따라가면 잡혀 있는 놈들이 있을 거야. 거기도 잘 찍어둬라. 여긴 너한테 맡기고 우린 먼저 간다. 시간이 별로 없어."

"오케이! 맡겨둬."

학생들을 호송차에 태워 관할서로 이동시키고 7인조라는 일진만 따로 태워 혜리가 기다리고 있는 밀레니엄수사대로 달렸다.

＊　　　＊　　　＊

달칵. 끼익.

이곳은 조서를 꾸미는 취조실이다. 방음장치는 물론이고 녹화와 녹음 장치가 되어 있으며 매직미러가 설치되어 밖에서 안을 볼 수 있는 곳이다.

하지만 지금은 녹음은 물로 녹화장치도 켜지 않았다. 밖에는 아무도 들어오지 못하게 했고 말이다. 매직미러 너머에는 혜리가 먼저 와서 기다리고 있었다.

황병철에게 한쪽 의자를 가리키며 말했다.

"넌 저리 앉아라."

"예, 형사님."

공손하게 대답하는 말과는 달리 놈의 얼굴에는 엷은 조소를 띠고 있었다. 여기까지 오면서 한결 같은 표정이었다. 나 정도는 눈에도 안 찬다는 걸 거다. 곧 부모나 변호사가 알게 되면 나갈 것이라고 확신하고 있을 거다.

취조실 밖에서 기다리고 있던 혜리가 황병철이 자리에 앉자 긴장한 목소리로 날 불렀다.

"오, 오빠, 잠깐만 나 좀 봐?"

"잠깐만. 문 좀 잠그고."

철컥!

난 혜리가 취조실 분위기나 황병철의 느끼한 모습에 긴장했다고 생각했다. 그래서 일단 문을 잠그고 돌아서며 냅다 황병철의 가슴을 내질렀다.

빡! 쿠당탕!

"으윽!"

"흐흐, 네놈이 현지와 연희를 죽인 개새끼지. 그런데 넌 왜 여길 왔는지 알지 못할 거야. 그러니까 이렇게 생글생글거리고 있는 거고."

"그게 무슨 소립니까? 당장 변호사를 불러줘요. 당신 진짜 경찰이 맞습니까?"

빡! 쿠당탕.

"변호산 여기서 맞다 보면 니 애비랑 같이 올 거야, 새끼야!"

"큭! 경찰이 이런 짓을 하고도 무사할 수 있을 것 같습니까?"

"미친 새끼! 넌 나한테 죽어! 내가 비록 사람을 죽이지 않기로 맹세했지만 넌 아냐. 넌 짐승이니까 상관없어!"

퍽! 퍽! 쿠당탕.

"윽! 윽!"

상처 나지 않을 곳으로 몇 대 더 쥐어 패고 있는데 혜리가 더는 보지 못하겠는지 취조실로 연결된 마이크에 대고 빽 소리를 지른다.

"오빠! 그만해. 할 말이 있으니까 일단 밖으로 나와봐! 빨리!"

"아! 미안. 요즘 내가 흥분하면 자제가 안 돼. 오면서 이 빤질빤질한 면상을 보면서도 화를 삭이다 보니 그만……. 에휴! 어차피 뒈질 놈 더 때려서 뭐하겠냐. 미안하다, 혜리야."

"아냐, 오빠! 그게 문제가 아니란 말이야! 빨리 나와 보라고!"

혜리는 심한 공포를 느끼는 듯 뾰족하고 갈라진 목소리로 곧 울음이라도 터뜨릴 듯 소리 질렀다. 과격한 내 행동에 충격을 받았다고 생각하고 쓰러져 있는 황병철을 일으키며 진심을 담아 말을 건넸다.

"그래. 황병철이 미안하다. 일어나 앉아라. 이승에서 살날이 몇 날 남지도 않은 놈한테 내가 너무한 것 같다."

"다, 당신… 결코 용서하지 않을 겁니다."

입술을 깨물며 씹어뱉듯이 말하는 황병철을 보고 피식 실소를 흘리며 낮은 목소리로 속삭여 줬다.

"넌 죽어. 병신새끼야! 니 애비도 삼촌도 널 살리지 못해. 왠지 알아? 내가 널 죽일 거니까!"

"경찰이 학생한테 협박하는 겁니까?"

"풋! 그래 협박한다. 너랑 별로 얘기하고 싶지도 않으니까 가만히 앉아 있기나 해."

놈이 쏘아보는 시선을 무시하고 수갑을 의자에 채우고 나서 밖에 있는 혜리에게 말했다.

"미안하다, 혜리야. 못난 꼴을 보였다. 이게 그만하고 서검사나 데리고 올 테니까 너도 준비해라."

"바보야! 빨리 나와!"

말귀를 못 알아들어 답답하다는 듯 빽 하고 소리치는 혜리다. 애가 갑자기 왜 그러나하고 생각하며 취조실 문을 열고 밖으로 나와 혜리가 있는 매직미러실로 걸음을 옮겼다.

철컥.

혜리에게 말을 건네며 매직미러실로 들어가다 그녀의 창

백하게 질린 표정을 보고 입을 다물었다.

"혜리야, 너 갑자……."

혜리는 매직미러 너머의 황병철을 경악한 시선으로 쳐다보며 술에 취한 사람처럼 중얼거렸다.

"오, 오빠. 쟤, 쟤도 문신이 있어."

"뭐?"

"쟤도… 우리랑 같은 백호 문신이 있어."

"정말이냐?"

혜리의 어깨를 잡아 흔들며 물었다. 그녀는 나와 달리 백호 문신을 알아본다. 아니, 백호가 말을 해준다고 한다. 처음 나를 봤을 때도 그랬으니까 지금 하는 말도 사실일 거다. 그래도 절대 믿고 싶지 않은 마음에 다시 물어보는 거다.

혜리가 내가 잡은 어깨가 아픈지 손을 밀어내며 말했다.

"아파! 오빠. 정말 맞아. 백호가 알려줬어."

"하아! 이게 대체 무슨 일이냐?"

혜리에게 대답을 구하고 한 말이 아니다. 답답한 내 심정을 표현했을 뿐이다.

황병철이가 백호 문신 소유자라면 회귀자일 것이다. 아니 회귀하기 전일 수도 있다. 하지만 그런 건 별로 중요한 문제가 아니다.

진짜 중요한 문제는 놈이 아주 질이 좋지 않은 놈이라는 데 있다. 그런 놈이 특수한 능력을 지녔다는 것이 문제다. 아마도 팔이나 발에 관한 능력을 최소한 하나는 지니고 있을 것이다. 그런 놈을 유치장에 가둘 수 있겠냐?

황병철이 이곳에 순순히 따라온 이유는 놈도 제 능력이 드러나길 바라지 않았기 때문이다. 또 부모의 입김으로 무마할 수 있다고 생각해서 반항할 필요가 없었던 거다. 잠시 이곳에 놀러온 기분으로 말이다.

하지만 놈이 쉽게 빠져나갈 수 없다는 것을 알게 된다면? 놈은 능력을 사용해서라도 빠져나갈 것이다. 나 같아도 그럴 테니까 말이다.

난 그 후에 벌어질 일이 가장 걱정이 된다. 갑자기 놈이 개과천선을 할 리는 없으니까 말이다. 놈은 더 치밀하고 악독한 놈으로 변할 것이다.

놈은 앞으로는 자신의 능력을 이용해 완전 범죄를 노릴 것이다. 일반인이 상상할 수 없는 능력은 놈을 수사선상에서 벗어나게 해줄 것이라 충분히 가능하다. 그러면 놈을 옭아맬 수가 없다. 기회는 지금밖에는 없다.

그런데 혜리가 가진 능력을 통해 자백을 받고 다시 법정에서 진술하려고 했던 계획이 완전히 틀어져 버린 것이 문제다. 놈에게는 나와 마찬가지로 혜리의 능력이 통하지 않을 테니까 말이다.

알다시피 자백만으로는 증거가 될 수 없다. 법정에서 부인하면 자백서는 백지에 불과하기 때문이다. 7인조 중의 나머지에게 자백을 받는 것도 한 가지 방법이기는 하다.

그러나 결정적인 증거가 없다면 유죄를 이끌어 내기가 어렵다. 더욱이 황병철은 아직 미성년자다. 설사 유죄를 받아 냈다고 해도 형량이 적을 수밖에 없다.

"하아—!"

"오빠……."

한숨을 내쉬자 혜리가 안타까운 눈을 날 쳐다본다. 그녀 역시 놀라고 무서웠을 것이다. 대책도 없을 테고. 그렇다고 언제까지 고민만 하고 있을 수는 없다. 당장 할 일은 하고 이 문제는 나중에 진지하게 고민해야 할 것 같다.

"혜리야, 일단 저놈은 빼고 나머지 놈들의 자백을 받아놓고 그 문제는 집에 가서 생각해 보자."

"…알았어."

"너무 걱정 마. 놈은 우리가 문신에 대해 알고 있다고는 생각지도 못할 테니까. 그리고 저놈은 우리에 대해서 알 수 없잖아."

"그건 그렇지만… 오빠, 소름이 확 끼치는 게 왠지 무서워."

그러고 보니 아직도 안색도 창백하고 오들오들 떨고 있다.

혜리를 끌어 당겨 안아주며 말했다.

"걱정 마. 내가 있잖아. 나만 믿어."

"…응."

나머지 놈들에게는 혜리의 능력으로 순조롭게 자백서를 받아냈다. 그리고 오늘 자백한 사실을 모두 잊도록 했다. 하지만 혜리와 함께 퇴근하는 발걸음은 무겁기만 했다.

"오빠, 이제 어떡하면 좋으냐?"

집으로 돌아와 거실에 마주 앉자 혜리가 근심 가득한 얼굴을 하고 물었다. 나라고 뾰족한 방법은 없어 골치 아파 죽겠다는 표정으로 대답했다.

"글쎄 말이다."

"하필이면 그런 나쁜 자식의 손에 백호 환이 넘어가서……."

백호 환은 착한 사람보다는 악인을 선호하는 것 같다. 혜리야 다르지만 내 손에 두 개나 들어온 것만 봐도 그렇다.

"그나저나 황병철이는 무슨 능력을 가졌을까? 팔 아니면 다리겠지만."

"오빠?"

혜리가 팔과 다리로 단정하는 듯한 내 말에 실눈을 뜨고 이상하다는 듯이 불렀다. 몸통도 남았는데 그 얘긴 하지 않았기 때문이다. 아차! 싶었지만 당황하지는 않았다. 그 정도 임기응변은 있으니까 말이다.

"몸통은 아냐. 아까 발로 몇 번 걷어찼는데 아무런 이상이 없었거든. 몸통은 강철 같은 방어력이라며? 하지만 황병철이는 고통을 느꼈거든. 갑작스러운 일이라 연기할 시간도 없었으니까 확실해."

"흐음? 그렇다면 오빠 말대로 팔이나 다린데… 그럼 잡아둘 수도 없겠네. 마음만 먹으면 탈출하는 건 일도 아닐 테니까."

"그러게 말이다. 니 능력도 내 능력도 안 통할 테니 답답하기만 하다."

"어린애치곤 눈빛이 보통이 아니던데?"

"응. 확실히 위험한 놈이야. 너 전생에 한국에 그런 놈이 있었냐?"

나야 일본에서 사느라 한국소식을 몰랐지만 혜리는 혹시 알 수도 있다는 생각에 물어보았다. 그런 놈이 자랐다면 악당도 보통 악당이 아니었을 테니 말이다.

"나야 하루 사는 것도 바빴는데……."

내 질문이 어리석었다. 벌써부터 사람을 둘이나 죽인 놈인데 범죄를 저지르고 발각될 놈이 아니었다. 앞에서 나서지도 않을 테고 말이다. 아마도 잘 먹고 잘 살다 병으로 뒈지지 않았을까 추측해 본다. 아니면 나처럼 총에 맞았든지.

'혹시? 저놈 때문에 내가 회귀한 거 아냐?'

백호의 신이 자신의 신물을 이용해 악행을 저지르는 황병철을 보다 못해 처단하기 위해 날 보냈다는 공상과학 소설에나 나올 법한 망상 말이다.

하도 답답하니 이런 쓸데없는 상상도 해본다. 하지만 상상이든 망상이든 놈을 제거하기는 해야 할 것 같다. 이건 아마도 살인에 들어가지 않을 거다. 어차피 한 번 죽은 놈이니까 말이다.

사실 문신에 대해 알기 전에도 황병철을 죽일 생각을 가지고 있었다. 취조실에서 했던 말이 단순한 협박용 멘트만은 아니었다. 난 그놈 하나만 제거하면 최소한 서너 명의 목숨을 구하는 것이라고 확신했다.

제거할 방법으로는 교통사고나 우연한 사고를 당하게 할 생각이었는데 이젠 그것도 어렵게 됐다. 아마도 총이 아니면 놈을 제거하는 일도 쉽지는 않을 거다. 내가 직접 나선다고 해도 성공을 확신할 수 없었다.

"휴우—! 혜리야, 아무튼 넌 너무 걱정 마라. 내가 알아서 어떻게든 해보마."

"그런데 오빠! 백호 문신을 가진 사람들이 이렇게 인연이 되는 건 무슨 이유일까? 원래 이렇게 다 만나게 되어 있었든 건 아닐까?"

"나도 그런 생각이 들긴 한다. 다섯 개의 백호 환이 한자리에 모이면 어떻게 될까 하고 말이야."

"그렇지 오빠? 정말 어떻게 되는 걸까?"

혜리는 호기심은 일지만 걱정이 더 앞서는 듯 어두운 표정이다. 다섯 개의 백호 환은 개별적인 것이 아니다. 하나로 합쳐질 것이라는 느낌이 어렴풋이 들기 때문이다.

그런 경우 나 또는 혜리는 어떻게 되는 것일까? 이대로 살아갈 수 있다면 모르지만 그렇지는 않을 것 같았다. 능력을 잃는 것보다는 생명을 잃을 수 있다는 두려움이 뇌리를 떠나지 않는다.

회귀를 해 또 한 번의 인생을 산다고 해서 죽음이 두렵지 않은 것이 절대 아니다. 아니, 어쩌면 더욱 무섭게 느껴진다. 죽음이란 모든 것이 사라지는 것이니까. 친구도 연인도 증오하는 인간마저 사라져 아무 것도 남지 않는 완전 무(無)라는 것을 잘 알고 있으니까.

이 세상에서 나란 존재가 흔적도 없이 소멸되는 그 점이 두려운 것이다. 그리고 그건 나 역시 마찬가지 심정이었다.

"걱정 마! 아무 일도 없을 거야."

"흑! 나 무서워."

혜리가 두려움을 참지 못하고 품으로 뛰어들어 눈물을 흘리며 떨고 있다. 힘주어 안아주며 등을 쓰다듬어 주었다. 지금 내가 할 수 있는 위로는 그것밖에는 없었다.

"다 잘될 거야. 틀림없이……."

*　　*　　*

"좋은 아침!"

"……."

사무실로 들어서며 늘 하던 대로 아침인사를 했지만 분위기가 썰렁했다. 내 좋은 파트너였던 미시즈 김마저 시선을 외면한다. 어떻게 된 일이냐고 부하들에게 눈으로 묻자 어깨를 으쓱할 뿐이다.

자리에 앉아 강 형사에게 조용히 물었다.

"분위기 왜 이래?"

"하아! 몰라서 물으십니까? 이게 다 반장님 덕분 아닙니까?"

강 형사는 황당한 표정으로 정말 모르겠냐는 듯이 내게 되물었다.

"뭔 말이야?"

"황병철이 말입니다."

"그게 왜?"

“느닷없이 미성년자 30여 명을 연행했으니 당연한 일 아닙니까?”

“김 검사도 알고 있는 일인데 뭘……. 내버려 두고 우린 우리 할 일이나 하자고. 조서는 다 꾸몄어? 변호사가 들어오면 시끄러워지니까 풀어줄 때 풀어주더라도 일단 조서라도 매듭지어 놔.”

“예, 그럼 분위기도 썰렁하니 저흰 나가보겠습니다.”

강 형사가 일어서자 다른 형사들도 주섬주섬 자리에서 일어난다. 그렇게 하라고 고개를 끄덕여 주고 서 검사 자리를 보았다. 아직 출근 전인지 자리에 없다. 시선을 돌리다 김 검사와 눈이 맞았다.

김 검사가 나와 시선을 마주치자 손으로 천정을 가리키며 말했다. 할 말이 있으니 옥상으로 가자는 얘기다.

“한 반장, 잠깐 커피나 한잔하지?”

“예, 사주신다면 사양은 안 합니다.”

말은 그렇게 했지만 자판기 커피 두 잔을 뽑아 들고 앞서가는 김 검사를 따라 갔다.

“여기 있습니다. 아니, 검사님은 박봉에 시달리는 형사한테 커피까지 얻어 마셔야겠습니까?”

“나도 얼마 못 받아.”

“참나! 압구정로를 막고 사람들한테 한 번 물어볼까요? 경위가 많이 받나 검사가 많이 받나?"

"사내가 쫀쫀하기는……."

김 검사와 투닥거리며 옥상에 도착했다. 김 검사가 옆자리를 가리키며 앉는다. 나란히 앉아 담배를 입에 물고 연기를 내뿜었다. 말없이 담배를 피우다가 생각났다는 듯이 김 검사가 입을 열었다.

"한 반장, 황병철이 애 단순한 학교폭력사건으로 잡은 거 아니지?"

"그렇죠, 뭐."

"뭐야? 이젠 나도 알아야 도움을 주던 훼방을 놓든 할 것 아냐?"

그렇다. 이제는 김 검사의 도움이 필요할 때다. 그러기 위해서는 사실대로 털어놓고 협조를 구해야 했다. 백호 문신에 대한 말만 제외하고 말이다.

"사실 한 달 전쯤에 제보가 들어왔습니다. 현지라는 여고생의 자살을 조사해 달라는……."

중간중간 김 검사가 묻고 싶어 했지만 끝까지 들으라며 단숨에 지금까지의 일을 설명해 주었다.

"하아! 세상에!"

뻑뻑!

김 검사는 한숨과 함께 기가 막힌다는 듯이 애꿎은 담배만

빽빽 빨아댔다. 난 그가 생각을 정리하도록 그대로 지켜보고 있었다.

"그래서 이제부턴 어떻게 할 생각인가?"

"죄를 지었으면 죗값을 치르는 것은 당연한 일 아닙니까? 두 건에 대한 살인죄는 물론 여죄에 대해서도 추궁할 생각입니다."

"증거는?"

"증거는 없어도 자백은 있습니다. 뭐, 증거도 찾다 보면 나오겠지요. 아직 어린놈들이라 완벽히 없애지는 못했을 겁니다."

"한 반장도 밀레니엄수사대가 해체되는 건 알고 있겠지?"

김 검사의 말은 남은 시간에 해결할 수 없다는 뜻이다. 사건이 다른 곳으로 이관되면 어떻게 흘러갈지 알 수 없다. 가장 좋은 방법은 수사대의 해체가 연기되어 마무리를 짓는 것이다. 하지만 현실적으로 그렇게 되기는 어려울 것이다.

"어렵겠죠?"

"벌써부터 여기저기서 전화가 들어오고 있네. 사학재단이 별거 아닌 것처럼 보여도 그들의 재력이나 인맥은 절대 무시할 수 없거든."

"많이 힘들까요?"

"아마도. 결정적인 증거가 없는 이상 어려울 거야. 미성년자라서 더욱."

김 검사는 힘들다는 뜻으로 고개를 저었다.

"여론을 일으켜도 어렵습니까?"

"여론? 자네 정말 몰라서 묻는 건가? 양은 냄비 같은 우리 나라 여론이 무슨 힘이 있다고. 아마 첫 공판이 열리기도 전에 잊히고 말걸세. 아니, 어쩌면 여론을 일으키지도 못하기가 쉽겠군."

김 검사는 상당히 비관적인 견해를 보였다. 하지만 틀린 말이 아니어서 나도 반박하지 않았다. 어차피 황병철을 법의 테두리 안에서 응징할 생각도 아니므로 김 검사와 얼굴을 붉히며 언쟁을 벌일 이유가 없었다.

"일단 해보는 데까진 해봐야죠."

대수롭지 않게 말하자 김 검사는 의외라는 듯이 날 보며 말한다.

"포기한다는 말인가? 자네답지 않군."

"최선을 다했는데도 안 되면 어쩔 수 없지 않습니까?"

"이렇게까지 일을 크게 벌여놓고? 자네… 뭔가 다른 생각을 하고 있어. 내 말이 맞지?"

"형사반장이 다른 생각을 해봤자 별것 있겠습니까? 그래도 기소는 할 수 있게 도와주십시오."

"기소가 어려운 거야. 기소만 할 수 있다면 내가 자네를 따로 보자고 했겠나?"

"그럼?"

나를 따로 부른 이유를 말하라는 얼굴로 김 검사를 물끄러미 쳐다보았다.

"험! 험! 일단 이번에는 기소유예로 내보내도록 하지. 보름 남짓한 기간에 공소유지를 위한 증거를 수집하기에는 부족하니 말일세. 이번 일은 자네가 너무 서둘렀어."

"검사님, 살인 두 건에 매춘, 마약, 금품갈취, 폭행에 납치, 강간까지 저지른 놈들입니다. 이렇게 죄질이 나쁜 놈들을 풀어준다는 말입니까?"

"그러니까 말일세. 그런 범죄들의 증거를 보름 안에 완벽히 수집할 수 있나? 그렇지 못하고 수사대가 해체되기라도 하면 자네나 내가 이 사건을 맡을 것 같나? 그렇게 증거불충분으로 무죄판결이나 비교적 처벌이 가벼운 몇 가지만으로 판결이 나면 놈들에게 면죄부를 주는 일이야. 알지? 일사부재리(一事不再理)의 원칙 말이야. 그래서 이건 일단 풀어줘야 해. 우리 쪽 준비가 완벽할 때, 그때 정식으로 다뤄야 한단 말일세. 내 말뜻 이해하겠나?"

"자인서를 받을 수 있습니다."

"법정에서 부정하면 휴지쪼가리나 마찬가지라는 것을 자네도 알지 않나?"

“그러지 않…….”

헤리의 능력으로 번복시키지 않을 수는 있다. 하지만 여섯 명이나 되는 애가 모두 자신에게 불리한 진술을 한다는 것은 누가 봐도 이상한 일이다.

또 시간이 지나 헤리의 정신조종에서 풀려나면 본인들이 무슨 말을 했는지도 모르게 된다. 분명 변호사들은 올바른 정신상태가 아니라고 보고 정신감정 의뢰나 이의를 제기할 것이다.

그러다 보면 헤리의 접촉 사실도 들통 나고 그에 대한 문제도 제기될 것이다. 능력이야 탄로 나지 않겠지만 수사상 불필요한 접촉을 한 헤리에 대한 해명이 있어야 한다.

그동안 내가 너무 승승장구했나 보다. 너무 안일하고 단순하게 생각했다. 입맛이 썼다. 담배를 재떨이에 비벼 끄고 일어서며 말했다.

“그래도 기간이나 꽉 채워서 내보내 주십시오.”

“그렇게 하지.”

결국 살인이나 강간, 협박 등의 혐의 사실을 입도 벙긋하지 않은 채 집단 패싸움을 벌인 사실만 부각시켰다. 그리고 아직 학생이라는 신분과 상대방 양아치들의 폭력행위에 대한 정당방어가 인정되어 불기소처분을 내렸다.

그런데 한 가지 재미있는 사실은 황병철이가 변호사에게

내게 폭행당한 사실을 얘기하지 않았다는 점이다. 단지 유치장에서 풀려나는 날 나에게 비릿한 조소를 띠우고 한마디 경고를 남겼을 뿐이다.

"한 반장님이라고 하셨나요? 재미있는 말씀은 잘 들었습니다. 제게 하신 말씀은 하나같이 소설 같은 일이지만 현실에서 일어나지 않으리란 법은 없지요. 물론 한 반장님에게도 말입니다."

"그래? 난 이미 소설 같은 삶을 살고 있어서 말이야. 얼마 남지 않았지만 하던 일 열심히 하고 살아라. 가끔은 하늘도 한 번씩 쳐다보고."

"아마 곧 뵙게 될 겁니다. 그럼 그때까지 안녕히 계십시오."

"그래, 곧 보자."

황병철은 끝까지 미소를 잃지 않았다. 그 얼굴을 쳐다보는데 화가 치미는 걸 보면 성질 급한 나는 말로는 놈을 이기지는 못할 것 같다.

THE PUNISHER
Chapter 08
밀레니엄수사대의 해체

쨍! 째쟁!

"자! 밀레니엄수사대를 위하여!"

"위하여!"

꿀꺽꿀꺽. 탁. 탁. 탁.

쪼르륵. 쪼르륵.

"이번엔 그동안 우리를 위해 고생하신 한 반장님을 위하여!"

"위하여!"

꿀꺽꿀꺽. 탁. 탁. 탁.

쪼르륵. 쪼르륵.

부하들은 말아놓은 소맥이 몇 순배 돌아가자 눈들이 조금씩 풀려갔다. 불판에 올려놓은 갈매기살은 시꺼멓게 타들어가고 있지만 모두 안주에는 관심이 없는 듯 술잔만 연신 들이켰다. 길었다면 길고 짧다면 짧은 2년이라는 시간이 아쉬운 것이다.

비록 내일부터는 전부 다른 곳에서 근무하겠지만 그동안 나를 빼고 모두 진급을 해 얻은 것이 많은 파견근무였다. 그래도 그동안 든 정이 지금 이 자리를 우울하게 만들고 있는 거다.

"하 본부장님은 정말 해도 너무하는 것 아닙니까? 마지막 날에 해체식도 없이 이게 뭡니까?"

결국 강 형사의 입에서 불만이 터져 나왔다. 그러자 기다렸다는 듯이 한마디씩 불만을 토로한다.

"회식 같은 건 바라지도 않습니다. 수고했다고 인사 한마디는 할 수 있는 것 아닙니까?"

"솔직히 오늘 얼굴도 안 비출 줄은 몰랐습니다."

"아무리 형사 알기를 우습게 안다고 하지만……."

"됐어. 그만해. 덕분에 마지막에 우리끼리 한잔할 수 있으니 좋기만 한데 뭘 그래?"

내게 고맙고 미안해서 하는 말들이다. 그러니 내가 풀어줘야 했다. 사실 난 별로 신경 쓰지 않으니까 말이다. 하지만 진급이나 승진에 관심없다는 것을 부하들이 이해하기는 어려울 거다. 일반적으로는 이해할 수 없는 일이니까.

역시 부하들은 이해하지 못하고 푸념을 늘어놓는다. 여러 가지 서운한 점이 많았지만 그중에서도 내가 새로운 보직을 받지 못하는 것이 가장 걸렸던 모양이다. 나와 같은 회색분자인 강 형사마저 한마디 거드는 것을 보면 말이다.

"그래도 대기발령은 너무한 것 아닙니까?"

"진짜 그게 무슨 말입니까?"

"이 사람들이 진짜! 그건 내 직급이나 경력 때문에 자리가 마땅치 않아서 그래."

그건 사실이었다. 밀레니엄수사대에 파견 나와 나름 공적도 세우고 성과도 올렸다. 그러나 진급까지는 이어지지 않았기 때문에 위에서도 고민이 많았을 거다. 원직으로 복귀시키면 편하기는 하지만 지금의 내게는 좌천이라는 느낌이 들게 된다.

같은 형사반장이라도 강동서 강력계의 반장과 밀레니엄수사대의 반장은 급이 다르니까 말이다. 그렇다고 경위에 불과한 날 형사계장을 시킬 수도 없는 일이니 고민이 될 수밖에. 버릴 생각이 아니라면 최소한 서운하게 해서는 안 되니까 말이다.

그리고 사실 경찰청의 입장에서 보면 난 아직 이용가치가 충분히 있었다. 고졸 출신이 승승장구하는 모습은 좋은 선전거리가 된다. 더구나 성과마저 쏠쏠하게 올리고 있으니 오히려 보물단지로 생각하고 있을지도 모른다. 그래서 보직을 결정하기 어려운 것이다.

이러한 사실을 짐작하고 있기에 난 특별히 서운한 생각은 없다. 그동안 성질 더럽고 어린 상관을 모시느라 고생한 부하들에게 기분 좋게 전별금을 전달하고 당부하기 위해 마련한 자리일 뿐이다.

더구나 부하들 모두 진급해 전혀 서운해할 필요가 없었다. 검사들과는 이전과 같은 관계로 돌아가는 것뿐이고 말이다. 분위기를 바꾸기 위해 술잔을 들고 호기롭게 소리쳤다.

"자, 자! 오늘은 끝까지 가는 거야? 내가 오늘 큰맘 먹고 한턱 쏜다! 자, 모두 막잔 들어!"

그렇게 1차를 끝내고 모두 은영이 가게로 향했다. 강남에서도 아가씨 예쁘기로 소문난 룸이다. 평소라면 내가 쏠 일도 없겠지만 항상 마지막이란 무리를 하게 마련이다. 사실 은영이 가게에서는 술값이 얼마 안 들어간다는 이점이 있지만 말이다.

"어서 오십시오, 한 사장님."

"어? 반장님 여긴…….."

웨이터가 우릴 발견하고 허겁지겁 달려와 인사를 하자 이 형사가 너무 무리하는 것 아니냐는 듯이 날 쳐다보며 말했다. 그러자 강 형사가 그의 어깨를 툭 치며 끌고 들어간다.

"너 정말 분위기에 초 칠래. 이럴 때 아니면 짠돌이 반장님 언제 벗겨 먹는다고."

나 그렇게 짠돌이 아닌데 말이다. 오늘 짠돌이가 줄 선물을 보고 나면 어떤 표정을 지을까 궁금하기만 하다.

"호호호! 한 사장님 오셨어요?"

"그 칠칠맞지 못한 웃음소리 좀 어떻게 해라. 왜 우리도 봉으로 보이냐?"

"호호호! 한 사장님도…….."

배알이 꼬일 테지만 프로인 은영은 예의 영업용 미소를 흘리며 우릴 맞아준다. 룸 안은 이미 테이블 세팅이 되어 있었다. 사람은 다섯인데 이슬이가 열 병에 맥주가 한 박스나 준비되어 있다. 오늘 먹고 죽자는 얘긴가 보다.

"바쁘니까 아가씨들 빨리 넣어줘. 화끈하게 한두 시간 놀다 갈 거니까. 그리고 소름 끼치게 룸에서도 계속 한 사장이라고 할래?"

"호호, 손님에게 그럴 수야 있나요. 곧 애들 들어올 테니 먼저 한 잔 받으세요."

애가 또 나한테 뭔가 얻어낼 게 있나 갑자기 안 하던 짓을 하고 있다.

일단 따라주는 술을 마시고 한 잔 따라주며 물었다.

"이번엔 뭐냐?"

"호호, 한 사장님은 꼭 제가 무슨 부탁이 있어서 이러는 것처럼 말씀을 하시네요? 제 성의도 몰라주고 섭섭하게……."

"지랄. 니가 나랑 한두 해 봤냐? 빨리 말 안 하면 듣지도 않을 거다."

눈에 힘을 좀 주며 인상을 썼다. 아니나 다를까 호들갑스럽게 웃으며 장난이었다는 듯이 말한다.

"호호호호! 애는! 갑자기 정색을 하고 난리야? 정말 너랑은 농담도 못하겠다니까."

"알았다. 농담이면 됐다."

"어머? 애는? 말이 그렇다는 거지……. 끝나고 나 좀 보고 가. 알았지?"

은영이 귀에 대고 속삭이는 걸로 봐서 이 자리에서 말하기는 어려운 얘기인 듯했다.

"알았어. 그리고 우리 오늘 이차는 없다."

"야! 한대갑 너 치사하게 왜 그래? 공은 공이고 사는 사라는 거 몰라. 사내새끼가 치사하게 이차비를 떼먹냐?"

은영이 기가 막힌다는 표정으로 내게 쏘아댄다. 난 하도 황당해 은영에게 꿀밤을 한 대 먹였다.

콩.

"아야! 얘가 이제 여자도 패네!"

"야, 오버하지 말고 들어. 이차를 공짜로 나가겠다는 게 아니고 우리 전부 이차를 안 간다는 얘기야. 얘가 도대체 날 어떻게 보고……."

"응? 그런 얘기였어? 호호호! 말을 똑바로 해야지. 괜히 오해했잖아. 그런데 전부 이차를 안 간다니 무슨 일 있어?"

은영이 소란을 떨어 부하들도 우리 얘기를 다 들었다. 그들도 기대하고 있었을 텐데 사전에 차단하자 섭섭하기도 하고 궁금하기도 한 모양이다. 시선이 모두 내 입에 집중되어 있었다.

난 씨익 의미심장한 웃음을 흘리며 말했다.

"글쎄, 난 나가라고 하고 싶은데 아마도 저 친구들이 싫다고 할걸?"

"예? 저희요?"

"절대 안 그럴 겁니다."

"반장님! 저 아직 총각입니다. 선배들과 달리 기다리는 사람 없단 말입니다."

"저도 와이프 처가에 가서 기다리는 사람은 없습니다만……."

부하들은 절대 안 그럴 것이라며 내가 한 말을 취소해 주길 바랐다. 보통 때라면 이럴 때 내기라도 걸었겠지만 이겨도 언제 받을지 몰라 그만뒀다. 그저 고개를 저으며 신비로운 미소를 흘려 호기심만 유발시키는 것으로 만족했다. 아마도 부하들은 술자리가 끝날 때까지 궁금해서 미칠 지경일 것이다.

"일단 술이나 마시고 내 말이 맞는지 틀리는지는 그때 가서 보자고."

"에이! 절대 그런 일은 없을 겁니다."

"하하! 저도 마찬가집니다."

아직은 자신만만한 부하들이었다.

"그래 알았으니까 이제 술이나 마시지."

"예, 반장님!"

궁금한 것은 궁금한 것이고 아가씨들이 들어오자 언제 그랬냐는 듯 짝을 지어 광란의 시간을 보냈다. 그렇게 두 시간 정도 지났을까 슬슬 체력에 한계가 오는 듯해 은영을 불러 계산을 마치고 준비한 것을 가지고 와달라고 부탁했다.

"은영아, 아가씨들은 그만 내보내고 한 사장이 맡겨놓은 것 좀 가져다줄래?"

"아! 그게 이 방으로 올 거였어? 알았어. 얘들아, 오빠들한테 팁 달라고 인사하고 나가자. 오빠들 잘 놀았으면 알아서 챙겨줘요. 알았죠?"

“야, 계산서에 붙어 나오잖아?”

“얘는! 니가 줄 것도 아니면서 쫀쫀하게…….”

은영이 이렇게까지 말하자 난 입을 다물 수밖에 없었다. 부하들은 지갑을 열었고 말이다. 말리려면 말릴 수도 있지만 오늘은 기분을 조금은 내도 될 것 같아 지켜만 보았다. 결국 은영은 아가씨들의 팁까지 꼼꼼히 챙겨 아가씨들을 데리고 룸을 나갔다.

그리고 잠시 후 룸으로 돌아온 은영의 손에는 모 휴대폰 회사의 로고가 새겨진 쇼핑백 네 개가 들려 있었다.

“대갑아, 이거지? 그런데 안에 든 게 뭐야? 한 사장이 내게 맡기면서 부들부들 떨던데 휴대폰 대신에 폭탄이라도 들었냐?”

“국가 비밀이라 자세히 말해줄 수는 없지만 폭탄보다 무서운 게 들은 것만은 사실이다.”

“헤에~ 그러서?”

은영은 농담으로 듣고 믿지 않는 기색이 역력하다. 하지만 정말 돈은 호환마마보다 무서운 것이 틀림없다. 유용하기도 하지만 그만큼 위험한 것도 없으니까 말이다.

은근슬쩍 엉덩이를 붙이고 앉아 쇼핑백 안에 과연 무엇이 들어 있을까 궁금한 표정으로 쳐다보고 있는 은영에게 말을 건넸다.

"지금부턴 우린 국가기밀을 논의해야 하니까 잠깐 자리 좀 비켜줘."

"응. 그, 그래. 나 보고 가는 거 잊지 마."

"그래."

아쉬운 표정으로 룸을 나가며 약속을 상기시키는 은영이다. 과연 무슨 소리를 하려고 뜸을 들이는지 궁금했지만 지금은 부하들의 일이 먼저다.

은영이 밖으로 나가자 부하들이 쇼핑백과 나를 번갈아 쳐다보며 물었다.

"반장님, 웬 휴대폰입니까?"

"저희와 계속 연락하고 지내자는 뜻입니까?"

난 부하들의 질문에 대답하지 않고 강 형사부터 차례로 쇼핑백을 건넸다. 모두 하나씩 손에 들고 열어볼 생각은 하지 않고 날 쳐다보고 있었다.

"모두 함께 있는 자리에서 열어들 봐."

"예."

부스럭. 부스럭.

서로 눈치를 보다 하나둘 쇼핑백을 열어 휴대폰 케이스를 꺼내 보고는 깜짝 놀란다. 그도 그럴 것이 빳빳한 5만 원권 신권이 가득 들어 있으니까 당연한 반응이었다.

"헉!"

"이, 이건!"

"바, 반장님!"

"이게 뭡니까?"

부하들의 시선이 일제히 날 향했다. 씩 웃어주며 천천히 입을 열었다.

"내가 주는 전별금(餞別金)이야. 그동안 날 따라줘서 고맙다는."

"하지만 반장님 이건……."

강 형사가 난처한 얼굴로 말꼬리를 흐렸다. 언뜻 봐도 상당한 액수라 부담이 가는 듯했다.

"어, 그 돈 내 주머니에서 나온 것 아니니까 부담 가질 필요는 없어. 어차피 엉뚱한 사람들 배불리는 것보다는 자네들이 더 유용하게 쓸 수 있을 것 같아 주는 것뿐이야."

"……."

말없이 상자 안의 돈을 쳐다보고 있는 부하들에게 조금 더 설명을 해줘야 할 것 같았다.

"각기 1억 원씩이야. 지난번에 은평 건설 도박장을 털었을 때 판돈이 예상보다 적어 이상하다고 생각했을 거야. 그 돈은 그때 빼돌린 돈이야."

"한데 이 돈을 왜 저희에게……."

"자네들 경찰 생활 하면서 돈 때문에 유혹에 넘어가지 말라고 국민이 주는 뇌물일세. 큰돈은 아니지만 이 정도 돈이면 웬만한 유혹에는 넘어가지 않고도 버틸 수 있을 테니까 말이야. 아니, 그랬으면 해서 주는 걸세. 내 손으로 옛 동료들을 체포하는 일이 생겨서야 쓰겠나?"

"솔직히… 저희는 어떻게 해야 할지 모르겠습니다."

아직도 망설이고 있는 것을 보면 내 선택이 크게 잘못되지는 않은 것 같다고 생각했다.

"받아. 그리고 내가 한 말을 잊지 않으면 돼. 자네들이 안 받는다고 해도 다시 국고에 집어넣을 수도 없으니까."

"그럼 반장님은?"

"하하, 난 자네들 생각보다 재산이 많아서 앞으로도 돈에 흔들리는 경우는 없을 걸세. 그리고 벌써 돈을 빼돌린 것도 범죄를 저지른 것인데 나까지 챙기면 할 말이 없지 않나? 그 건 횡령이니까 말이야. 그래도 마음속으로는 할 일을 했다고 자위하고 싶으니까 나에게도 챙기라는 소리는 하지 말게. 그 렇지 않아도 한배를 탄 건 마찬가지니까."

"예, 반장님. 고맙게 받고 잘 쓰겠습니다."

결심이 섰는지 강 형사가 먼저 꾸벅 인사를 했다. 그 뒤를 따라 나머지도 내게 감사 인사를 전했다. 고개를 끄덕여 주고 씩 웃으며 한마디 했다.

"자, 그럼 이차들 나가야지?"

"예? 어딜요? 이거 들고 가긴 어딜 갑니까?"

"반장님, 죄송하지만 그만 들어가 봐야 할 것 같습니다."

"기다리는 사람 없다며?"

"처갓집으로 가려고 합니다. 이거 제가 들고 있으려니 불안해서……."

모두 쇼핑백을 꼭 안고 어림없다는 표정으로 고개를 가로저었다.

"하하하! 그래 그만 들어들 가봐. 난 친구하고 할 얘기가 남았으니까."

"예, 그럼 나중에 연락드리겠습니다."

"고맙습니다, 반장님."

작별인사를 건네고 부하들이 나가자 얼마 있지 않아 은영이가 들어왔다.

"무슨 일인데 얼굴이 벌게져서 도망치듯이 나가는 거야?"

"응, 국가기밀."

"쳇! 치사해서 더는 안 묻는다."

은영이 입술을 삐죽 내밀고 옆자리에 앉았다. 힐끗 쳐다보며 물었다.

"근데 할 말이 뭐냐?"

"이 빌딩 나한테 팔아?"

"뭐?"

워낙 황당하고 뜬금없는 소리를 들어 말문이 막혔다. 현재 이원이라는 룸살롱을 하고 있는 빌딩은 얼마 전에 조중동에게서 작업이 끝나 인수를 마쳤다.

자세한 내용은 알지 못하지만 시가 150억의 9층 빌딩을 57억에 꿀걱한 것이다. 그중 내 지분이 70%인 100억 상당이고 은영이 나머지 30%의 지분을 가지고 있다. 인수자금은 내가 40억을 은영이 17억을 부담해 난 60억을 번 거다.

그런데 은영이 내 지분을 사겠다고 하는 거다. 은영이 생각이 어떤지는 차치하고도 그만한 자금이 있는지가 궁금할 뿐이다. 은영이는 내가 제대로 이해를 하지 못했다고 생각하는지 내 눈을 똑바로 쳐다보며 또박또박 확인시켜 주듯 말했다.

"이 빌딩 내가 사겠다고."

"왜? 아니, 너 돈은 있냐?"

"있어. 근데 조금 깎아주면 안 돼?"

"허어! 나도 경찰 접고 룸살롱이나 해야겠네! 얘가 장사한 지 얼마나 됐다고 150억짜리 빌딩을 통째로 삼킬 생각을 하냐? 새로 남자 하나 물었냐?"

아무리 물장사가 돈을 긁는다고 해도 가게 하나로 몇 개월만에 100억을 벌 수는 없는 일이다. 은영이 사정이야 내가 팬티 몇 장이 있는지도 아는데 이렇게 나오니 답은 하나밖에 없는 거다. 스폰서. 물주를 하나 물었다는 뜻이다.

"그런 거 아냐. 오빠가 재산 정리하고 이쪽에 올인하고 싶다고 해서 그래. 이 빌딩 전부 유흥 빌딩으로 만들려고."

그런데 아니란다. 그럼 저번에 만난 비리 공무원이란 말이다.

"야, 빌딩이고 뭐고 다 좋은데 그 놈팡이랑 끝까지 가려고 그러냐?"

"말했잖아. 이제는 남녀 사이 아니라고. 이젠 좋은 사업파트너일 뿐이야."

"남녀 사이가 무슨……. 에휴! 깎아줄 수는 없고 얼마나 준비할 수 있는데?"

뭐, 빌딩을 내가 가지고 있어 봐야 거추장스러울 뿐이다. 이래 보여도 난 공직자 아니냐. 그것도 청렴결백이 가장 중요시되는 경찰 공무원이다. 말이 나올 만한 일은 사전에 차단하는 것이 좋다.

"50억은 당장 준비할 수 있어."

"안 돼."

"아잉~! 넌 그래도 10억은 버는 거잖아? 시간을 좀 주면 30억은 더 마련해 볼게."

은영이 팔에 매달리며 아양을 떤다. 하지만 안 되는 건 안 되는 거다. 이 늙은 비리 공무원이 날 우습게 본 모양이다. 작업을 시켰더니 욕심이 난 듯했다.

은영을 밀어내고 단호한 얼굴로 말했다.

"은영아, 니 영감한테 가서 그대로 말해. 남은 인생이라도 맑은 공기 쐬며 살고 싶으면 헛수작 말라고. 정 빌딩을 사고 싶으면 한 달 안에 현찰로 90억 가져와. 나머지 10억은 깎아줄 테니까. 하지만 공짜는 아냐. 네 지분으로 넣어."

"대갑아!"

"내가 어떤 놈이란 걸 아직도 모르겠냐? 이번 작업에 도와준 정리를 생각해서 이 정도 경고로 넘어가는 거야. 안 그러면 조중동이보다 험한 꼴을 보게 될 거야. 똑바로 전해. 더 이상 할 말 없으니까 그만 간다."

"대, 대갑아!"

은영이 날 불렀지만 뒤도 돌아보지 않고 이원을 나섰다. 친구 사이일수록 금전 관계는 깨끗해야 한다. 친구 잃고 돈 잃는 것이 친구 사이의 거래라고 하지 않던가.

은영이도 미련한 아이는 아니라서 오늘 내가 한 말을 이해할 수 있을 거다. 이해 못하면 인연은 여기까지인 것이고 말이다. 씁쓸한 기분으로 이원을 나섰다.

*　　　*　　　*

—눈 내리는 밤은… 틱.

전화벨이 울렸다. 민정이다. 잠시나마 우울했던 기분이 한 방에 날아갔다. 역시 민정은 나의 영원한 박카스다.

"어, 민정 씨?"

—대갑 씨, 지금 어디야?

"부하들하고 한잔하고 들어가는 중이야. 그렇지 않아도 연락이 안 되서 걱정했는데 어디야?"

—에휴! 이제 막 대책회의가 끝났어. 나 좀 데리러 와줘라.

"어딘데?"

술을 마셨다는 걸 알면서도 데리러 오라는 건 만나고 싶다는 얘기다. 여기서 술 먹어서 안 된다고 하는 놈이 있으면 미친놈이다. 아니면 고자든지.

—응, 검찰청.

"조금만 기다려."

—고마워, 대갑 씨.

민정의 애교는 이 정도가 전부다. 그래도 난 좋기만 하다. 대리를 불러 검찰청으로 날아갔다. 그동안 이런저런 일로 바빠 데이트 한번 제대로 하지 못하고 있어 오늘이 더욱 특별했다. 이제 한 사무실에서 근무할 수 없으니까 말이다.

주차장으로 들어서자 민정이 손을 들어 부른다.

"대갑 씨, 여기!"

손을 들어주고 대리기사를 보냈다. 민정에게 다가가며 말을 건넸다.

"어, 왜 나와 있어. 도착하면 전화할 텐데."

"그냥. 대갑 씨, 키 줘봐."

"운전하려고?"

"대갑 씬 술 마셨잖아. 내가 해야지 별수 있어? 어서 줘."

역시 피곤하다는 말은 구실에 불과했다. 차 키를 건네주며 손을 꼭 쥐어주며 말했다.

"쩝! 미안해."

"아냐, 어서 타."

"지프 운전해 봤어?"

"호호, 설마 사고야 나겠어?"

뭐, 지프라고 다를 건 없다. 오히려 운전석이 높아 시야 확보가 좋아 편하다고나 할까? 승차감은 별로지만 말이다.

부우웅―

역시 무리없이 차를 출발시켰다. 집으로 가는 방향이 아니라서 민정을 쳐다보며 물었다.

"어디 가는 거야?"

"그냥 들어가기는 서운하잖아. 내일부터는 매일 보지도 못하는데."

"호호, 매일 볼 수 있다니까."

"피! 말은 잘한다니까."

입술을 삐죽이는 민정의 옆얼굴을 가만치 바라보았다. 여자는 사랑을 하면 예뻐진다고 한다. 예전에도 예뻤지만 지금의 그녀는 만개한 꽃과도 같았다. 그녀의 미모를 만개시킨 사람이 다른 사람이 아니고 나라는 사실에 무척 기분이 더욱 좋았다.

"민정아."

"응?"

"예쁘다고."

"흥! 이제 알았어?"

"아니 처음 봤을 때부터 알았어. 기억나? 우리가 처음 만난 게 어딘지?"

"호호호! 그럼 대갑 씨같이 강렬한 인상을 어떻게 잊을 수 있어. 난 처음 깡패라고 생각했다니까. 그런데 사무실에 떡하니 버티고 있어서 깜짝 놀랐지 뭐야."

그녀는 그때를 떠올리는지 흐드러지게 웃는다. 하얀 치열을 드러내고 환하게 웃는 그녀의 모습이 심장에 새겨졌다. 그라고 처음 그녀를 봤을 때처럼 힘차게 뛰기 시작했다.

두근두근.

계속 보고 있다가는 운전하는 그녀를 덮칠 것만 같아 시선을 돌렸다. 이런 내 마음을 아는지 모르는지 그녀는 처음 만났을 때 나를 본 느낌에 대해 조잘조잘대며 미소 짓고 있었다.

차는 그녀와 내가 몇 번 함께 간 적이 있는 조용한 술집에 도착했고 우리는 술과 함께 많은 이야기를 나누었다. 빈 술병이 하나둘 늘어가고 취기가 오른 그녀는 마치 날이라도 잡은 듯이 속마음을 털어놓았다.

사랑, 미래, 가정, 행복 등 그동안 둘 사이에서 금기라도 되는 듯 애써 피해왔던 화제를 하나하나 꺼내며 얘기해 나갔다.

그리고 그녀는 나에 대해 가능한 많은 것을 알고 싶어 했다. 나의 꿈, 소망, 미래, 가치관 등등 아무리 작은 것이라도 알고 싶어 했다. 그러고 나서 미적거리는 나에 대한 불만을 토로했다.

그녀는 두려워하고 있었다. 처음 느끼는 사랑이라는 감정에 대해 겁을 내고 있었다. 내가 망설이고 있듯이 그녀 역시 철없는 십대가 아니었던 것이다.

그녀와 내가 같은 감정을 공유하고 있지만 세상은, 현실은 뜻하는 대로만 이루어지지 않는다는 것을 우리 둘은 알고 있는 것이다. 그래서 막연한 불안감을 키우며 고민하고 있었다.

"모두 내 잘못이야. 내가 든든하게 잡아줬어야 했는데 그러지 못했어."

"아냐, 꼭 대갑 씨를 원망하려고 한 말이 아니야. 우리 둘

다 십대처럼 아무 생각 없이 사랑하기에는 너무 때가 타서 그
래."

"그래도 내 책임이 커. 난 민정이가 그런 고민을 하고 있다
고는 생각하지 못했어. 이제라도 알았으니 앞으로는 불안해
하지 않도록 노력할게."

"응, 믿을게."

그렇게 짧은 데이트를 마치고 그녀를 바래다주고 돌아섰
다. 너무 늦지 않게 그녀와 대화를 나눌 수 있어서 다행이라
는 생각이 들었다. 오늘 밤은 진지하게 나와 그녀의 미래에
대해 생각해 봐야겠다.

THE
PUNISHER
Chapter 09
황병철의 반격

황병철은 경찰서를 나오며 한 반장에 대해 생각했다. 그는
자신이 벌인 범죄사실을 전부 알고 있었다. 단순히 패싸움으
로 잡아들인 것이 아니었다.

하지만 대갑이 어떻게 현지와 연희가 타살이라는 것을 밝
혀냈는지, 또 많은 시간 준비했을 텐데 왜 풀어줬는지는 그다
지 중요하지 않았다. 한 반장이 알게 된 것도 다 고딩들의 실
수라고 생각했기 때문이다.

"역시 어린애들을 믿어시는 안 돼. 그리고 중요한 건 놈이
알고 있다는 사실이야."

황병철에게 중요한 건 그뿐이었다. 그리고 그 문제를 처리할 해결 방법도 알고 있었다. 알고 있는 사람이 사라지면 되는 것이다.

황병철은 주머니에서 전화기를 꺼내 들었다. 그리고 어디론가 전화를 걸었다.

"밀레니엄수사대의 한 대갑 반장을 조사해 줘요. 주변인물까지 상세하게."

전화를 건 곳은 작은 아버지인 은평 건설의 사장이 운영하는 흥신소였다. 이제 이삼 일 안에 만족할 만한 자료를 손에 넣을 수 있을 것이다. 그 자료를 바탕으로 이번에는 직접 움직일 생각이었다.

"흐흐, 놈이 내게 이런 비밀이 있다는 것을 알면 어떤 표정을 지을까?"

스스슥.

황병철이 손을 앞으로 뻗자 은백색으로 변한 손끝이 뾰족하고 길게 늘어나며 마치 칼날처럼 모양을 갖춰갔다. 날카로운 일본도처럼 변한 팔을 이리저리 살펴보던 그는 한 반장의 얼이 빠진 얼굴이 눈앞에 떠 있는 듯해 목을 향해 힘껏 휘둘렀다.

휘익. 서걱.

둥실 허공에 떠오른 한 반장의 머리를 보며 흐뭇한 미소를 떠올렸다. 앞길을 가로막는 자는 이렇게 제거하면 그만이다. 상대가 비록 경찰일지라도. 황병철은 상상하는 것만으로도 기분이 좋아졌다.

집으로 돌아온 황병철은 간단히 샤워를 한 뒤 거울 앞에 섰다. 그의 몸을 휘감고 있는 백호의 문신이 거울에 비춰졌다. 사랑스러운 손길로 백호 문신의 선을 따라 쓰다듬으며 처음 회귀했을 때를 떠올렸다.

스물일곱 살. 한창때였다. 황병철은 젊은 나이에 은평 학원 이사라는 명함이 있었음에도 은평 건설의 실장직을 맡고 있었다. 젊은 그에게는 사학재단의 이사직 명함보다는 뭔가 활동적인 명함이 필요했기 때문이다.

일찌감치 시민권을 얻었지만 미국의 알 만한 대학을 졸업하자마자 한국으로 돌아왔다. 미국이라는 사회는 그 정도의 재력을 가진 동양인이 행세하기에는 애매한 곳이었기 때문이다. 역시 돈이 있으면 말 통하고 인물 반반한 한국이 놀기에는 좋았던 것이다.

한국에 들어와서 옛 친구들과 어울리며 향락에 빠져들었다. 미국에서 습관 들인 술과 마약은 쾌락을 배로 증가시켜 주었고 말이다.

황병철은 한국에 돌아오길 질했디고 생각했다. 백마를 타는 것도 처음에나 신기할 뿐이지 사이즈나 질감이 한국 여자

보다는 못했다. 미적 기준도 다르고 말이다. 또한 미국에서는 돈으로 살 수 있는 여자 외에는 동양인을 상대하려는 여자는 거의 없었다.

하지만 한국은 어떤가? 재력과 스펙을 갖춘 젊은 황병철은 얼마든지 괜찮은 여자를 고를 수 있었다. 학력과 미모를 갖춘 그럴싸한 여자들을 손쉽게 침대로 끌어들일 수 있었다.

그렇게 향락에 빠져 지내던 중 황병철은 한 여자를 만났다. 운명처럼 만난 그녀는 이윤지라는 한창 인기 절정에 있는 영화배우였다. 한눈에 반한 황병철은 그가 가진 재력와 인맥을 총동원해 그녀에게 접근했다. 처음에는 망설이던 그녀 역시 그의 끈질긴 구애에 넘어온 듯했다.

몇 번의 데이트를 하며 그녀의 경계심을 누그러뜨리는 데 성공한 황병철은 둘만의 여행을 계획했다. 그리고 대망의 여행을 떠나던 날 그는 주차장에서 무언가에 얻어맞아 정신을 잃었다. 눈을 뜬 곳은 허름한 창고 안이었다.

알고 봤더니 이윤지에게는 강두칠이라는 서울의 조폭두목이 스폰서로 있었고 그가 황병철을 납치한 것이었다. 처음 그를 납치한 강두칠은 간단히 경고만 할 생각이었지만 황병철의 배경이 만만치 않다는 것을 알고는 생각을 바꿨다. 후환을 남기느니 제거하기로 말이다.

황병철은 그렇게 강두칠의 부하에게 죽음을 당했다. 그러나 죽는 순간 그가 흘린 피가 백호 환에 스며들어 12년 전으로 회귀할 수 있었던 것이다.

"어머니가 물려주신 유물이 아니었으면 그때 그대로 죽었을 테지."

황병철은 2년 전 열다섯 살로 회귀했을 때도 몸에 생긴 백호 문신에 대해서는 알지 못했다. 하지만 회귀한 것과 연관이 있을 것이라는 것은 어렴풋이 짐작할 수 있었다.

그래서 황병철도 대갑과 마찬가지로 여러 가지 실험을 해나가던 중 팔과 다리에 특별한 능력이 있음을 찾아낼 수 있었다.

"바로 이런 것들이지!"

황병철의 팔과 다리가 은백색으로 변했다.

"강철보다 단단한 팔과 다리를 얻었다는 사실. 그리고 자유자재로 변환이 가능하다는 말이지."

은백색으로 변한 황병철의 팔과 다리가 액체처럼 흐물흐물하더니 형태를 바꿔가기 시작했다. 그 모습이 마치 영화 터미네이터에 나오는 액체로봇과 흡사했다.

끄그극. 챙그랑.

황병철의 손이 칼날로 변해 거울을 뚫고 벽에 틀어박혔다. 그리고 나직한 목소리로 씹어뱉듯이 으르렁거렸다.

"한 반장, 감히 내게 협박을 해? 잠시만 기다려라. 네 머리

통도 이렇게 만들어 주지."

황병철은 회귀한 후 강두칠을 찾았으나 본명이 아니었는지 찾을 수 없었다. 당장 찾아내 찢어 죽이고 싶었지만 초조해하지는 않았다.

아직 강두칠이 두각을 나타내기 전이라 찾기 어려울 뿐이지 잠시 기다리면 되기 때문이다. 때가 되면 찾지 않아도 강두칠은 결국 서울의 한 귀퉁이를 차지하는 실력자로 등장할 것이다. 성공을 눈앞에 둔 놈을 처치하는 것이 더욱 통쾌한 복수라는 생각에 조용히 기다리는 중이었다.

그러던 중 한대갑이라는 형사반장이 뜬금없이 나타나 그의 앞길을 가로막으려 하고 있었다. 한 반장은 강두칠과는 성격이 다르다. 기다리고 있다가는 모든 계획이 수포로 돌아갈 수도 있기 때문이다. 그렇기 때문에 조금 무리를 해서라도 제거해야 했다.

이런 중요한 일을 학생들을 시킬 수는 없었다. 남에게 살인을 청부하는 것도 약점으로 남을 수 있고 신뢰할 수도 없으니 말이다. 중요한 일은 직접 처리하는 것이 좋다고 생각했다. 그리고 그에게는 그럴 만한 충분한 능력도 있었고 말이다.

황병철은 집으로 돌아와 되도록 외출을 삼가고 사람들을 만나지 않았다. 그래서 사람들이 보기에는 자숙하고 있는 듯이 보였다. 실제로 부친의 당부도 있었지만 그는 조사를 의뢰

한 한 반장에 대한 자료를 기다리고 있었을 뿐이다.

황병철은 풀려나기는 했어도 한 반장의 눈빛에서 그를 포기한 것이 아니라는 것을 느낄 수 있었다. 지금도 어디선가 그를 주시한다고 생각하고 있었다. 그래서 그는 한 반장을 제거하기 전에는 어떤 행동도 하지 않을 생각이었다.

그리고 삼 일이 지난 오늘 마침내 원하던 자료를 손에 넣을 수 있었다. 흥신소에서 보내온 사진과 자료를 훑어보는 황병철의 눈이 빛나고 있었다.

"흐음! 고아에 미혼이네……. 연인은 서민정이라……. 여검사를 낚은 걸 보면 한 반장도 보기보다 능력 있군. 현역 검사에 아버지가 고검장이라… 이 여자는 안 되겠군."

평검사 하나야 문제 삼을 건 아니지만 아버지가 고검장이라면 얘기가 다르다. 딸자식이 해를 입었는데 가만있을 부모는 없으니까 말이다.

"응? 동거녀 구혜리? 하! 한 반장 이 새끼도 아주 웃기는 놈일세."

흥미가 생긴 황병철은 구혜리에 대한 자료를 살펴보았다.

"뭐야? 형사라는 새끼가 정말 미성년자와 동거하고 있다는 말이야? 여검사는 애인이고 미성년자는 섹스 파트너란 말인가? 아니면 원조교제?"

황병철은 어이가 없었다. 잘난 체하며 그를 협박하던 한 반장이 알고 보니 쓰레기 중의 쓰레기였으니 말이다. 더군다나 한 반장의 자료를 보니 경력이 화려하기 그지없었다. 대통령 표창에 훈장, 특진 등 일반 경찰이 아닌 것은 틀림없었다.

"하아! 사람들이 전부 이 새끼에게 감쪽같이 속고 있었군!"

순간 황병철은 대갑의 치부를 드러내 파멸시킬까 하는 생각이 들었다. 그러나 곧 고개를 저으며 중얼거렸다. 그의 눈이 파르스름하게 빛나는 것 같았다.

"아니야. 영원히 입을 다물게 하는 방법은 하나밖에 없어."

쇠뿔도 단김에 빼라고 황병철은 시간을 끌 생각이 없었다. 옷장을 열어 후드가 달린 트레이닝복으로 갈아입으며 콧노래를 불렀다.

현지와 연희 외에도 세 명을 더 죽인 경험을 가지고 있었다. 필요에 의한 살인이었지만 그래도 그 짜릿함은 잊기 어려운 쾌감이었던 것이다. 지금도 상상만으로 긴장과 흥분으로 인해 아드레날린이 샘솟고 있는 듯했다.

*　　*　　*

'놈이다!'

대기발령 중이라 할 일도 없어 연희동의 황병철 본가에 잠복하고 있었다.

이유?

당연하지 않냐? 내게 다른 이유가 있을 리 있나. 놈을 감시하며 제거할 기회를 엿보고 있는 거다. 지금 당장 제거하고 싶지만 생각보다 경계가 심했다.

조폭의 집도 내 집처럼 드나들었던 나였지만 이놈의 집구석에 설치되어 있는 경비 시스템에는 혀를 내두를 수밖에 없을 정도였다. 구석구석에 설치된 경비카메라는 물론 사람의 동작을 구분하는 센서 등 마치 비밀기관의 안가라도 되는 듯했다.

그래서 설계도를 구해놓고 방법을 강구하고 있지만 마땅치가 않았다. 놈이 일반인이라면 문제없지만 나와 같은 백호 문신의 능력자다. 암살이나 저격이 아니고 발각되면 승부를 확신할 수 없다는 것이 문제였다.

그렇다고 내가 질 것으로는 생각하지 않지만 짧은 시간 내에 처리하기는 어려울 것이다. 그러니 허점을 찾아 은밀히 잠입하든지 놈이 나오기를 기다리는 수밖에 없었다.

그러나 황병철은 이런 내 심정을 비웃기라도 하는 듯 집에 틀어박혀 꼼짝도 하지 않고 있었다. 그러던 황병철이 드디어 삼 일 만에 밖으로 나온 것이다. 그러니 흥분할 수밖에.

하지만 간편한 옷차림으로 보아 멀리 외출하는 것은 아닌 것 같았다. 그래도 뒤를 밟아야 했다. 기회는 언제 어디서고 생길 수 있는 법이니까 말이다.

끼잉—

'아! 역시!'

더구나 지랄 맞은 육감마저 불길한 신호를 보내고 있다. 황병철이 나에게 위협이 된다고 알리고 있는 것이다. 다시 한 번 놈에 대한 살심을 다졌다.

터덜터덜 부주의하게 걷는 황병철과 멀리 떨어져서 천천히 뒤를 밟았다.

"헛!"

느긋하게 걷던 황병철이 주위를 살펴보는 것 같더니 갑자기 눈앞에서 사라졌다. 황급히 차에서 내려 찾아보았으나 보이지 않았다. 집으로 다시 들어가지는 않았다고 생각해 주위를 살피며 큰길까지 나왔다.

큰길가로 차를 몰아 나왔을 때 마침 택시에 올라타는 황병철을 발견할 수 있었다. 가슴을 쓸어내리며 택시를 쫓았다.

'뭐지? 저 자식.'

"내가 알기로는 몸통은 튼튼한 방어 능력, 눈은 오빠 말대로 대상에게 공포심을 느끼게 하는 능력, 팔은 자유자재로 형태를 변하게 할 수 있는 능력, 다리는 높이 뛰거나 빨리 달릴 수 있는 능력이야."

"저 자식 다리였어!"

헤리가 얘기해 준 백호 문신의 능력에 대한 말이 떠올랐다. 순식간에 내 눈앞에서 사라져 1킬로 이상 떨어진 곳에 자동차보다 빨리 나타날 수 있는 능력으로 보아 어떤 능력인지 확신할 수 있었다.

황병철이 탄 택시를 쫓으며 놈을 잡을 수 있는 방법을 생각해 보았다. 나 또한 일반인보다는 뛰어난 신체능력을 지녔다고는 하나 황병철의 속도를 따라잡을 수는 없을 것이다.

그렇다면 놈을 구속하거나 총으로 제압하는 방법밖에는 없다는 결론이다. 도심에서 총을 쏠 수는 없으니 움직임을 제약할 수 있는 방법을 찾아야 했다.

그러자면 넓은 장소보다는 좁은 실내가 유리했다. 실내에서 최대한 거리를 좁혀 잡아야 한다. 일단 몸을 붙잡을 수 있다면 튼튼한 몸을 가진 내가 유리할 것이다. 놈은 다리 외에는 평범하지만 난 온몸이 강철같이 단단하니까 말이다.

하지만 생각처럼 간단한 일은 아니다. 놈이라고 그 점을 생각하지 못할 리는 없다. 자신의 장점을 포기하고 나와 접근전을 벌이지는 않을 것이다.

'일단 맞아주자!'

정말 하기 싫은 일이지만 어쩔 수 없을 것 같다. 남에게 얻어맞은 기억은 이십대 때를 제외하고는 없다. 그러나 황병철을 제거하기 위해서는 그 정도 굴욕쯤은 참을 수 있다. 잠시의 치욕으로 놈을 이 세상에서 완전히 지워 버리면 되니까 말이다.

'응? 여긴?'

황병철이 탄 택시가 눈에 익다 못해 아주 익숙한 곳으로 향하고 있다. 굴다리만 지나면 바로 내가 살고 있는 천호동이다.

'이 개새끼가!'

불길한 예감이 바로 이것이었다. 내가 황병철을 노리고 있듯이 놈도 나를 노리고 있었던 것이다. 그게 아니라면 은평구에 사는 황병철이 아무 연고도 없는 천호동에 가는 것을 설명할 방법이 없다.

놈은 회귀를 했고 백호 문신의 능력을 알고 있다. 그가 앞으로 꿈꾸는 밝은 미래에 거추장스러운 짐이 될 것이 분명한 나를 제거하려는 것은 당연한 생각이다. 내가 그를 제거하려는 것과 마찬가지로.

하지만 황병철은 나에 대해서 아무것도 모른다. 그저 사명감에 불타는 엘리트 경찰관쯤으로 알고 있을 것이다. 내 백호 문신이나 능력에 대해선 전혀 알지 못한다. 아니 짐작도 하지 못하고 있을 거다.

그러나 난 놈의 비밀을 알고 있다. 이런 경우 지피지기(知彼知己)하고 있는 내가 무조건 유리한 입장이다. 황병철은 그런 사실은 짐작도 하지 못하고 불을 향해 달려드는 불나방 같은 놈일 뿐이다.

이러다 또 총 맞을 수도 있는데 하면서도 진득한 살의가 피어오르는 것을 억제할 수 없었다. 아무렇지도 않을 것으로 생각했던 필리핀에서의 일이 무의식적으로 작용하고 있는 것 같다.

그러고 보니 오피스텔엔 혜리도 있다. 다섯 개의 백호 환 중에 네 개가 한자리에 있게 되는 것이다.

'아니지? 황병철이 꼭 하나라고 단정할 수는 없지. 만일 놈이 두 개의 백호 환을 지니고 있다면 결국 한자리에 다 모이게 되는 건가?

그랬다. 내가 백호 환을 두 개 지녔듯이 황병철이도 가능성은 있었다. 그런 가능성을 염두에 두고 놈을 상대하지 않으면 천추의 한을 남길 수도 있는 문제였다.

그리고 정말 황병철이 두 개의 백호 환을 지녔다면 누가 애써 부킹이라도 한 듯 전부 한자리에 모이게 되는 것이다.

끼이익. 달칵. 텅.

예상대로 택시는 오피스텔 앞에서 멈췄다. 그리고는 트레이닝복 차림의 황병철을 내려놓고 어디론가 사라졌다. 택시에서 내린 그는 망설이지 않고 바로 오피스텔로 들어섰다.

'놈이 나에 대해 조사를 했군.'

삼 일 동안 코빼기도 보이지 않더니 정보를 의뢰해 놓고 집에 틀어박혀 기다렸던 듯하다. 그리고 정보를 손에 넣자마자 불같이 달려온 것이고 말이다. 바로 실천에 옮기는 행동력은 높이 살 만했지만 그런 성급함이 실패의 지름길이라는 것을 알려줄 생각이다.

오피스텔로 쫓아 들어가지 않고 기다릴 생각이다. 실내라는 사실은 바람직하지만 놈을 처리하기에는 마땅치 않은 장소다. 놈의 죽음을 나와 연관시킬 수 있는 것은 무엇이든 피해야 했다.

'내가 집에 없으니 놈은 과연 어떻게 할까?'

나를 제거하고 싶은 마음이 강하면 강할수록 포기하지 않을 터이니 아마도 근처에서 잠복을 할 것이다.

'밤이 되면 모습을 드러내고 유인해야겠지?'

가장 좋은 방법일 것 같았다. 황병철 또한 이목을 피하고 싶을 테니까 유인하기는 어렵지 않을 것이다.

─눈 내리는 밤은 언제나…… 틱.

혜리로부터 전화가 왔다. 그렇지 않아도 하려고 했는데 마침 잘됐다는 생각을 하며 전화를 받았다.

"어, 혜리야."

—오빠, 오늘 우리 외식하자?

"갑자기 웬 외식? 그것보다 오늘은 학원에서 조금 늦게 와
라."

—왜? 나 집인데?

"뭐? 학원은?"

—어, 몸이 좀 안 좋아서……. 지금은 괜찮아. 그래서 외식
하자고 하는 건데…….

불길하다. 너무 불안하고 초조했다. 하지만 아직 아무 일
도 벌어지지 않았고 황병철은 절대 아무 생각 없는 놈이 아니
다. 혜리가 집에 있어도 아무 일도 벌어지지 않을 것이다.

혜리가 놀라지 않게 하기 위해 가능한 차분한 목소리로 말
을 건넸지만 내가 느끼기에도 떨리고 있었다.

"혜리야, 너 내 말 잘 들어. 지금 황병철이 집으로 가고 있
으니까 절대 문을 열어주면 안 돼. 알았지?"

—오, 오빠! 그게 무슨 말이야?

"지금 집 앞에 있어. 전화 끊지 말고 말은 하지 마. 나도 집
앞에서 올라가니까 절대 문 열지 마!"

—아, 알았어.

내 주변을 조사해서 인질을 삼고 싶으면 서 검사를 잡았지
설마 혜리를 노리지는 않을 것이다. 아니 인질극을 벌일 만큼

어리석은 놈은 아닐 것이다. 이목을 피해야 하는 건 나뿐만 아니라 놈도 마찬가지니까 말이다. 그래도 온몸을 엄습하는 알 수 없는 불안감을 떨칠 수 없었다.

부와앙— 끼이익.

주차장에 차를 세우고 엘리베이터를 향해 뛰었다. 중간에 놈을 만나면 어쩌겠다는 계획도 없었다.

띵— 스르륵.

엘리베이터의 문이 열리자마자 뛰어들어 17층 버튼을 눌렀다. 오늘따라 엘리베이터가 왜 이리 느린지. 또 왜 하필 17층에 살고 있는지. 모든 게 짜증이 나고 불만스럽기만 했다.

"괜찮아, 별일없을 거야. 그놈도 생각이란 게 있을 테니까?"

난 계속 별일없을 것이라고 중얼거리며 엘리베이터의 층수가 바뀌는 것만 쳐다보고 있었다. 만일 엘리베이터 안에 누군가 있었더라면 혼자 중얼거리고 있는 나에게 미친놈이라고 했을 거다.

띵— 스르륵.

마침내 억겁 같은 시간이 흘러 17층에 도착해 문이 열렸다.

휙. 타다다다다.

황병철이 있나 없나를 살필 겨를도 없이 날듯이 복도를 뛰었다. 1712호. 마침내 현관에 도착했다. 현관문을 열려던 손을 멈추고 집 안의 동정을 살폈다. 아무런 일도 벌어지지 않은 듯 조용하기만 했다.

"휴우—!"

안도의 한숨을 내쉬며 벨을 누르며 전화기에 대고 혜리를 불렀다.

"혜리야, 오빠 현관이야. 문 열어."

─…오, 오빠?

혜리가 겁먹은 목소리로 대답했다. 목소리를 들으니 완전히 마음을 놓을 수 있었다. 차분해진 목소리로 말했다.

"응, 내가 잘못 봤나 봐. 걱정 말고 문 열어.

─자, 잠깐 기다려.

혜리의 대답을 듣고 전화를 끊으며 주위를 살폈다. 숨을 곳이라곤 없는 복도다. 황병철의 모습은 보이지 않았다.

'이 자식이 어디로 간 거지?'

경비실에 가서 감시카메라라도 살펴보고 싶었지만 우선은 혜리의 안전을 눈으로 확인해야 했다. 그리고 혜리를 혼자 두고 갈 수도 없었다.

철컥, 끼익.

현관문이 열리고 내 얼굴을 확인한 혜리가 품으로 뛰어들었다.

“오빠!”

“괜찮아. 별일 아냐. 일단 들어가자.”

“응.”

혜리를 앞세우고 안으로 들어가 문을 잠갔다. 혜리는 속이 탔는지 냉장고를 열어 생수를 꺼내 벌컥벌컥 들이켜더니 내게 말을 건넸다.

“오빠도 물 줘?”

“아니, 난 커피.”

혜리가 캔 커피 하나를 들고 와 탁자에 올려놓으며 물었다.

“오빠, 진짜 잘못 본 거야? 아니지? 그 자식이 여기 온 것 맞지?”

혜리는 거의 확신하고 있는 것 같았다. 나 역시 그녀도 알고 있어야 한다고 생각해 커피를 한 모금 마시고 나서 입을 열었다.

“맞아. 내가 그 자식 집에서부터 따라왔으니까 틀림없어.”

“그럼 그 자식이 오빠를 노리고 있는 거야?”

혜리의 걱정스러운 시선을 마주하며 고개를 끄덕여 주었다.

“아마 그럴 거다. 놈이 현지와 연희를 살해한 사실을 내가 알고 있으니까. 자기 앞날에 방해가 된다고 생각했겠지.”

“어떡해 오빠!”

"하하, 넌 그런 허접한 놈에게 오빠가 당할 거라고 생각 하는 거냐? 그럼 서운한데……."

"하지만 그 자식도 백호 문신의 능력자야. 오빠라고 해서 안심할 수는 없잖아?"

"아무리 그래도 나한테는 안 돼. 오빠 믿지?"

분위기가 무겁게 가라앉는 것 같아 농담처럼 말했다. 하지만 혜리는 아직 농담을 받아들일 정도로 진정되지 않은 모양이다.

"오빠! 지금이 장난칠 때야? 그럼 그 자식은 지금 어디 있는 거야?"

"나도 그게 궁금하다. 난 놈을 사람이 없는 곳으로 유인하려고 했는데 네가 집에 있다는 소리에 달려오는 바람에 놈을 놓쳤어. 하지만 놈이 이 건물 안에 있다는 것만큼은 확실해."

"뭐하고 있을까?"

"지형 정찰이겠지. 일을 저지르고 도주할 곳을 살펴보고 있을 거야."

"그럼 이대로 있어서는 안 되잖아?"

"응, 니가 무사한 것을 확인했으니 이제 놈을 유인하려면 슬슬 움직여야지."

소파에서 일어나자 혜리가 팔을 잡아 잃히며 말을 건넸다.

"오빠, 나 무서워."

"그래서 내가 나가려고 하는 거야. 황병철이 노리는 건 나니까."

"하지만……."

"혜리야 오빠 믿어!"

불안해하는 혜리와 시선을 똑바로 마주하고 말했다. 황병철을 처리하지 않는 한 혜리의 불안감은 사라지지 않을 것이고 내가 계속 혜리의 곁을 지킬 수만은 없는 일이다. 결국 조금 무리를 해서라도 빨리 제거해야만 하는 일이다.

"오빠… 조심해야 해."

"내가 전화할 때까지는 문 열어주지 마. 놈을 유인하면 전화를 할 테니 잠시 지연이에게 가 있어."

"알았어."

혜리가 어쩔 수 없다는 듯이 고개를 끄덕였다. 나와 함께 있어봐야 도움은커녕 방해가 된다는 것을 이해하고 있는 것이다. 혜리의 어깨를 토닥여 주고 현관을 향해 걸음을 옮겼다.

철컥. 끼이익.

현관문을 열고 밖으로 나오며 황병철이 있을 만한 곳을 예상해 보았다. 도주로를 찾고 있을 것이 분명했다. 놈의 능력을 생각해 보면 옥상에서 옆 건물의 옥상으로 도약하는 것은 문제가 없을 듯했다.

우리 오피스텔은 21층이고 옆 건물은 18층이다. 건물과 건물의 사이는 확실치는 않지만 사오 미터가 아닌가 싶다. 내 능력으로도 충분히 건너뛸 수 있는 거리다. 하물며 도약과 속도의 능력을 지닌 황병철에게는 아무런 문제도 되지 않을 것이다.

'역시 옥상이야!'

엘리베이터로 향하던 걸음을 멈췄다. 굳이 내가 옥상으로 황병철을 쫓아갈 이유를 느끼지 못했다. 옥상은 나보다는 놈에게 유리한 장소라는 생각이 들었다. 놈은 여의치 않다 싶으면 언제든 도주할 수 있는 곳이 옥상이다.

내게 불리한 옥상에서 황병철과 부딪치는 것보다는 처음 생각했던 대로 외진 곳으로 유인하는 편이 낫다고 판단했다. 그러기 위해서는 일단 놈을 찾아내야 했다. 아니면 놈이 나를 발견하든지 말이다.

황병철이 옥상에 있다고 가정할 때 이동을 위해서는 엘리베이터를 탈 것이라고 생각했다. 비상계단을 이용할 수도 있지만 어차피 복도에서 있으면 양쪽 모두 살필 수 있었다.

"좋아! 여기에서 옥상에서 내려오는 엘리베이터를 확인하면 되겠지."

지연에게 전화를 걸었다. 일단 그녀에게 혜리를 맡기는 것이 안전할 것 같아서였다.

—어? 니가 웬일이냐?

"너 지금 어디 있냐?"

—왜? 무슨 일 있어?

"지금 바로 우리 오피스텔로 좀 와줘라. 며칠간 혜리를 맡아줬으면 해."

—혜리를? 왜 그러는데.

지연이가 의아하게 생각하는 것은 알겠는데 자세히 설명하기가 어려웠다.

"일단 와. 전화상으로 말하기는 좀 그러니까 오면 알려줄게."

—음……. 삼십 분 정도 걸려. 괜찮아?

"그래 기다릴게. 서둘러라. 운전은 조심하고."

—알았어. 그럼 가서 보자.

"주차장에서 전화해. 내가 혜리 데리고 내려갈 테니까."

—오케이.

지연이 도착할 때까지 황병철이 움직이지 않는다면 혜리를 맡기고 나서 직접 찾아볼 생각이다.

"이런!"

전화를 하느라 잠시 한눈을 판 사이 한 대의 엘리베이터가 17층을 지나 아래를 향해 내려가고 있었다. 위로는 네 층밖에 없지만 어느 층에 멈췄는가가 기억나지 않았다. 의심된다고 해서 이 자리를 비울 수는 없어 그대로 내려보낼 수밖에 없었다.

"제길!"

쾅!

잠시나마 부주의했던 자신에게 화가 나 아래층으로 향하는 엘리베이터에게 애꿏은 발길질을 했다. 엘리베이터는 몇 번 멈추지 않고 아래로 향하다 지하 1층까지 내려간 후 다시 상승하고 있었다. 그리고 15층까지 올라갔다 내려갔다.

왠지 조금 전에 내려간 엘리베이터에 황병철이 타고 있었을 것 같은 생각이 들었다. 하지만 아직은 움직일 수 없어 답답하기만 했다. 할 수 없이 엘리베이터만 노려보며 시간을 보내고 있었다.

그리고 기다리던 전화벨이 울렸다.

—눈 내리는…… 틱.

"도착했냐?"

—응, 오피스텔 현관 앞에 길에 세워놨어.

"잠깐만 기다려. 혜리 데리고 내려갈게."

—알았어.

전화를 끊고 혜리에게 전화를 걸었다. 간단한 짐을 챙겨 엘리베이터 앞으로 오라고 하고 전화를 끊었다. 잠시 후 현관문이 열리고 혜리가 여행용 캐리어를 빌고 나왔다. 엘리베이터의 버튼을 누르고 가방을 받아주기 위해 혜리에게 다가갔다.

"오빠!"
"어, 지연이가 밑에서 기다려. 어서 와."

*　　　*　　　*

　대갑이 황병철을 유인하기 위해 고민하고 있을 때 황병철은 대갑의 예상대로 옥상 위에 있었다. 대갑의 생각대로 범행 후의 도주로를 확보하기 위해서였다.
　황병철은 옆 건물과의 거리를 눈대중하며 마음에 들었다는 듯이 고개를 끄덕이며 중얼거렸다.
　"흐음! 옆 건물로 빠져나가면 되겠군. 그럼 이제 놈이 퇴근하기만을 기다리면 되는 건가?"
　시계를 보니 이제 오후 5시밖에 되지 않았다. 대갑의 직업이 경찰이니만큼 퇴근 시간이 불규칙한 것이 마음에 걸렸다. 자칫하면 밤을 새워도 만나지 못할 수가 있기 때문이다.
　"일단 밥부터 먹고. 이 짓도 다 잘 먹고 잘살자고 하는 일인데 굶어가며 할 수는 없지."
　마침 시장기도 돌았고 늦은 시간까지 기다려야 할지도 모르기에 배를 채워둬야 했다. 대갑을 처리할 생각으로 기분이 좋아진 그는 흥얼흥얼 콧노래를 부르며 엘리베이터가 있는 곳으로 향했다.

엘리베이터에 올라탄 황병철은 1층 버튼을 누르려던 손을 멈췄다. 잠시 생각을 하고 나서 지하 1층의 버튼을 눌렀다.

"그래도 혹시 모르니까."

자료에 있는 대갑의 주차 구역을 떠올리고 확인해 보려는 생각이었다. 혹시 주차되어 있을 수도 있으니까 말이다.

떵. 스르륵.

저벅저벅.

황병철은 지하 1층에 있는 대갑의 주차 구역을 찾아갔다. 그곳에는 대갑의 신형 지프가 얌전하게 주차되어 있었다.

"응? 있잖아."

잘못 봤나 해서 넘버를 확인해 보았지만 자료에 있는 넘버와 일치했다. 그렇다면 대갑이 오피스텔에 있을 확률이 높았다.

"그래도 일단 밥은 먹고 나서."

황병철은 그대로 주차장을 빠져나와 한 식당에 들렀다. 설렁탕 한 그릇을 시켜 먹고 느긋한 걸음으로 다시 주차장으로 향했다. 대갑의 차는 그대로 주차장에 있었다.

"어떻게 한다?"

일단 대갑이 집에 있는지를 확인해야 했다. 또 있다면 정확히 몇 명이 있는지도 알아야 귀찮은 일을 피할 수 있었나. 혼자 있는 줄 알고 침입했다가 동거녀인 혜리가 있을 수도 있으니까 말이다.

그런 경우는 둘 다 처리해야 하기 때문에 그로서도 부담이 가는 것은 사실이다. 일의 성패를 떠나 무엇보다 계획에 변수가 생기는 것은 바람직하지 못한 일이었다. 그렇다고 해서 다음 기회를 노릴 생각은 전혀 없었다.

"흐음! 하나쯤 더 죽인다고 달라지는 것은 없겠지."

황병철은 둘이 함께 있다는 가정하에 실행에 옮기기로 결정했다. 결정을 내린 그는 대갑의 집으로 잠입하기 위해 엘리베이터를 탔다. 그리고 17층을 눌렀다.

두근두근.

그는 엘리베이터가 17층을 향해 한 층 한 층 올라갈 때마다 아드레날린이 분비되며 심장의 박동이 빨라지는 것을 느낄 수 있었다. 살인을 앞둔 긴장과 흥분으로 일어나는 생리적 변화가 기분 좋았다.

띵!

드디어 엘리베이터가 17층에 멈췄다.

"후읍—!

길게 심호흡을 하고 문이 열리기를 기다렸다.

스르륵.

천천히 엘리베이터의 문이 열리며 밖의 모습이 보이기 시작했다. 익숙한 사내의 등이 보이고 그 너머로 경악한 혜리의 얼굴이 눈에 들어왔다.

'후후후! 이런! 날 기다리고 있었던 모양이군.'

생각과 동시에 황병철이 대갑의 등을 향해 쏘아져 나갔다.

타다다. 휘익.

THE PUNISHER
Chapter 10
다섯 개의 백호 환

띵.

가방을 받으러 혜리에게 다가가는데 엘리베이터 멈추는 소리가 들렸다. 그와 동시에 앞에 있던 혜리의 얼굴에서 핏기가 사라지며 눈이 왕방울만큼 커지며 날카로운 비명을 질렀다.

"꺄약―! 오빠, 피해!"

혜리의 비명에 흠칫하며 뒤로 고개를 돌릴 때 시커먼 그림자가 머리 위를 넘어갔다. 미처 반응할 새도 없이 시커먼 그림자는 혜리의 뒤에 내려서며 앗! 하는 사이에 그녀의 목에 팔을 둘러 조이며 입을 열었다.

"후후, 한 반장님 아니십니까? 어디 여행이라도 가시려고 하는 모양입니다."

"너, 너 이 새끼!"

시커먼 그림자는 바로 황병철이었다. 놈의 기습에 어처구니없이 혜리가 인질로 잡혔다. 놈을 향해 다가서자 놈은 다른 한 손을 들어 혜리의 목에 가져다 댔다. 목에 가져다 댄 손이 회백색으로 변하며 날카로운 칼의 모양으로 바뀌었다.

스스슥.

"헉!"

늘 그렇듯이 최악의 가정이 들어맞았다. 황병철은 백호의 다리뿐만 아닌 팔의 능력마저 가지고 있었던 것이다. 비록 열일곱 살의 외모를 하고 있어도 신체의 발육이나 정신은 성인이다. 여고생의 육체를 가진 혜리는 놈의 손안에서 꼼짝도 하지 못하고 있었다.

황병철은 나를 향해 환한 미소를 지어 보이고는 안타깝다는 듯이 입을 열었다.

"어쩌죠? 밀월여행은 다음으로 미뤄야 할 것 같은데 말입니다. 미성년자와 동거하는 곳이 궁금해서 미칠 지경입니다."

"미친 새끼! 무슨 소릴 지껄이는 거야? 걘 그냥 증인보호 프로그램으로 데리고 있는 것뿐이야."

되도록 혜리와 내가 특별한 관계가 아닌 것처럼 보여야 했다. 그래야 인질의 가치가 떨어지니까 말이다. 그러나 황병철은 내 말을 믿어주지 않았다.

혜리를 돌려세우며 상관없다는 듯이 말했다.

"하하, 아무래도 좋습니다. 일단 집으로 돌아가도록 합시다."

"네가 원하는 건 나 아냐? 내가 인질로 잡힐 테니까 그 애는 풀어줘."

"호오! 과연 듣던 대로 대단한 경찰관님이시군요? 감동할 뻔했습니다. 하지만 일단 안으로 들어가 대화를 나누고 싶군요?"

황병철은 내 대답도 기다리지 않고 혜리를 현관 앞까지 끌고 갔다. 내심 놈이 집 안으로 들어간다면 이곳보다는 나을 것이라는 생각이 들어 혜리와 놈을 진정시켰다.

"알았다. 거칠게 하지 마. 혜리야, 걱정 말고 놈이 시키는 대로 해."

"후후! 혜리 씨, 문을 열어야지?"

"오, 오빠?"

혜리가 고개를 돌려 어떻게 하냐는 듯이 날 쳐다봤다. 그녀에게 고개를 끄덕여 주며 말했다.

"혜리야, 놈이 시키는 대로 해."

철컥. 끼이익.

혜리가 떨리는 손으로 현관문을 열자 놈이 혜리를 앞세우고 집 안으로 들어갔다. 나도 놈의 뒤를 따라 안으로 들어갔다.

*　　　*　　　*

혜리가 황병철에게 발견된 순간 그녀 역시 무사히 이 자리를 벗어날 수는 없었다. 황병철이 목격자를 살려둘 리는 없으니까 말이다. 그러므로 어떻게든 놈을 처치하는 수밖에는 선택의 여지가 없었다.

일단 대화를 통해 방심을 유도할 생각으로 집을 둘러보고 있는 놈에게 말을 걸었다.

"황병철, 사내새끼가 치사하게 어린 여자를 인질로 잡다니. 내가 그렇게 두렵나?"

"하하, 지나친 흥분은 몸에 해롭습니다. 그나저나 형사반장이라며 벌이가 시원찮은가 보네요? 아 참! 그렇게 서 있지 말고 그쪽으로 앉아요. 물어보고 싶은 말도 있는데."

황병철은 내 도발을 깨끗이 무시하며 실내를 둘러보고 싱글싱글 웃는다. 그러고는 마치 제집이라도 되는 듯 턱으로 소파를 가리키며 말했다. 아무래도 성질 급한 내가 심리전으로 놈을 당황하게 하기는 어려울 것 같았다.

당장에라도 싱글거리는 놈의 면상에 주먹을 박아 넣고 싶었지만 혜리가 잡혀 있는 이상 참을 수밖에 없었다. 놈이 가리킨 소파에 앉아 혜리와 시선을 마주했다. 다행히 혜리도 어느 정도는 진정했는지 내게 흥분하지 말라고 고개를 젓는다.

놈은 여전히 혜리의 목에 한 팔을 감은 채 내 앞에 서 있다. 그래도 당장 혜리를 어떻게 하지는 않을 것 같다는 생각이 들자 흥분을 가라앉힐 수 있었다. 놈의 말대로 지나친 흥분은 좋지 않았다. 냉정을 찾아 기회를 노려야 했다.

소파에 앉은 채 놈을 보며 물었다.

"내게 묻고 싶은 게 뭐냐?"

"이젠 별것 아니지만 그냥 궁금해서 그럽니다. 왜 내가 현지와 연희를 죽였다고 생각하는 겁니까? 어디서 증거라도 찾았습니까?"

가늘게 찢어진 눈은 웃고 있지만 얼굴에는 광기가 일렁거리고 있어 섬뜩하기만 했다. 마치 전생의 내 모습을 보는 것 같아 기분이 묘했다.

"감이지. 제보가 들어와 조사를 하던 중 너를 본 순간 왠지 감이 오더군. 네놈이 죽였다는."

"호오! 재미있는 말이군요. 감이라……. 그 감이 결국 한 반장님의 목숨을 단축시키게 되었군요."

"도대체 넌 나이도 어린 새끼가 어떻게 그렇게 사악한 심성을 지닌 거냐? 악마 같은 새끼!"

"흐흐, 보이는 게 전부는 아니랍니다, 한 반장님."

놈의 말에서 회귀했다는 뉘앙스를 맡을 수 있었다. 예상대로 놈 역시 우리와 마찬가지였다. 내심을 숨기고 의아한 표정을 지으며 물었다.

"그게 무슨 뜻이지?"

"하하, 많은 것을 알려고 하지 마십시오."

"도대체 넌 정체가 뭐냐? 그 팔은 또 뭐고?"

"하하하! 그건 지옥에 가서 염라대왕에게 물어보시죠. 그럼 자세히 알려줄 겁니다."

"연약한 인질이나 잡고 있는 병신 새끼가 지랄하고 있네. 꼭 너 같은 놈들이 있지. 저 혼자서는 아무것도 못하는 놈이 부모를 믿고 설치거든."

"하하, 절 도발하려 애쓸 필요없습니다. 그 정도에 넘어갈 제가 아닙니다. 하지만 한 반장님의 성의를 무시할 수도 없으니……."

황병철은 말꼬리를 흐리며 비릿한 시선으로 혜리의 몸을 훑었다.

"오, 오빠……."

"너 이 개새끼!"

"하하! 지나친 흥분은 몸에 해롭다고 했는데도 또 그러십니다.”

서걱.

칼처럼 변한 황병철의 손이 번뜩하고 혜리의 앞섶을 스쳐 지나가자 입고 있던 티셔츠가 길게 베어지며 속옷이 드러났다.

“꺄악!”

혜리가 비명을 지르며 가슴을 감싸안았다. 황병철은 나를 쳐다보며 혜리의 얼굴에 혀를 대고 핥았다.

“꺄악! 비켜 이 개새끼야!”

“너 이 새끼!”

혜리가 몸서리치며 비명을 질렀다. 나도 자리에서 벌떡 일어나 놈에게 달려들려고 했다. 하지만 칼날로 변한 놈의 손가락이 혜리의 목을 파고들어 새빨간 선혈이 맺히는 것을 보고는 멈출 수밖에 없었다.

“윽! …오, 오빠.”

“흐흐흐! 그렇게 계속 저를 도발해 보십시오.”

황병철은 굳어버린 나를 힐끗 쳐다보고는 혜리의 찢어진 티셔츠를 잡아 뜯었다.

부욱—

티셔츠가 찢어지며 브라자만 걸친 새하얀 상체가 드러났다. 그러자 혜리의 상반신을 감고 있는 백호 문신 또한 드러날 수밖에 없었다. 순간 황병철의 눈이 왕방울만 해지며 당황한 기색이 역력히 드러났다.

황병철이 일순 멈칫하며 저도 모르게 한 발자국 뒤로 물러서며 당황한 목소리로 외쳤다.

"어, 어!? 이년도!"

순간 혜리가 몸을 돌려 황병철의 목을 깨물었다.

"개새끼!"

꽈악!

"아악!"

황병철은 고통에 찬 비명을 지르며 칼로 변한 손을 뻗어 혜리의 목을 찔렀다.

푹.

"윽! …끄르륵…… 오… 빠……."

내가 미처 반응할 시간도 없이 순식간에 벌어진 일이었다. 혜리의 목에서 새빨간 피가 흘러내렸다. 가래 끓는 소리와 함께 혜리의 눈에서 급격히 생기가 빠져나갔다. 희미하게 날 부르는 혜리의 목소리가 서서히 잦아들었다.

놈의 팔에 꼬치처럼 꿰어져 고개를 늘어뜨린 혜리의 처참한 모습이 눈에 시리게 박혀들었다. 머릿속이 백지장으로 변해가며 아무 생각도 나지 않았다. 황병철을 제거할 생각도 못한 채 그 자리에 석상처럼 굳어져 있었다.

그러던 중 혜리의 시체에서 심상치 않은 변화가 일어나기

시작했다. 혜리의 상체를 휘감고 있던 백호 문신이 스르륵 움
직이고 있었다. 움직이는 백호 문신은 황병철의 팔을 통해 그
의 몸으로 흡수되어 가고 있었다.

　황병철도 자신과 혜리의 몸에서 일어나는 이상을 느끼고
부지간에 감탄사를 터뜨렸다.

　"아!"

　그 짤막한 감탄사에 난 정신을 차릴 수 있었다. 하지만 그
땐 이미 거의 흡수가 끝나가고 있었다. 다른 생각을 할 겨를
이 없었다. 뇌리에 맹렬한 경고가 울리고 있었다. 지금이 아
니면 기회는 없다고 말이다.

　그대로 몸을 날려 황병철을 향해 돌진했다.

　타다닥. 휘익.

　"으아악! 이 개새끼! 죽여 버리고 말겠어!"

　황병철은 피하려 했지만 어쩐 일인지 몸을 움직이지 못했
다. 그래서 내 어깨를 놈의 복부에 틀어박을 수 있었다. 순간
양팔로 놈의 허리를 감고 바닥을 굴렀다.

　쿵. 퍽. 우당탕.

　놈을 안고 한 바퀴 구른 후 양발로 놈의 허리를 감고 올라
탔다. 격투기의 마운트 자세를 취한 것이다. 망설이고 있을
틈이 없었다. 놈이 정신을 차리면 팔과 다리의 능력으로 벗어
날 수 있으니까 말이다.

　아쉽지만 한 방에 죽인다는 생각으로 황병철의 안면을 향해 주먹을 휘둘렀다.

　휘익—! 부웅—

　찌익!

　"끄아악!"

　황병철이 몸부림치는 바람에 눈가를 길게 찢는 데 그쳤다. 찢어진 눈두덩에서 피가 흘러 눈으로 들어가는 것을 보며 멀쩡한 눈을 겨누어 주먹을 내리찍었다.

　빠악! 콰지직.

　"크윽!"

　이번에 제대로 맞은 듯 눈 주위가 푹 주저앉았다. 끝을 낼 생각으로 양손을 번갈아 휘둘렀다.

　깡! 깡!

　끼기긱.

　황병철의 손이 부챗살처럼 퍼지며 얼굴을 가렸다. 주먹이 그 위를 두드리자 쇠가 부딪치는 소리가 났다. 놈이 정신을 차리고 방어에 나섰다.

　옆구리가 따끔해 쳐다보니 칼로 변한 놈의 손이 닿아 있었다. 다행히 내 피부도 은백색으로 변해 있어 뚫리지는 않고 쇠가 긁히는 소리가 났다. 아마도 놈이 문신 흡수가 끝나 몸을 자유롭게 움직일 수 있게 된 모양이다.

힐끗 혜리의 시체를 보니 백호 문신이 사라지고 새하얀 알몸을 빨간 선혈이 적시고 있었다. 기회를 놓쳤다는 생각에 절로 욕이 나온다. 하지만 두 손은 연신 안면을 공격하고 있었다. 공격을 멈추는 순간 역습을 당하게 될 것이니 멈출 수가 없었다.

'씨팔!'

"다, 당신도……?!"

황병철이 놀라 소리쳤다. 칼이 들어가지 않는 몸뚱이니 놀랄 만도 했을 거다. 거기에 혜리의 문신을 본 후라 나 역시 문신이 있을 거라고 생각한 듯했다.

"그래 이 개새끼야! 너만 백호 문신이 있을 거라고 생각했냐? 네 문신 내가 쪽 빨아먹을 테니 조금만 기다려 새꺄!"

"이, 이럴 수가!"

"죽어!"

캉. 캉. 캉.

연신 놈의 안면을 공격했지만 황병철의 팔이 완벽히 가리고 있어 효과를 보지 못했다. 하지만 놈은 팔과 다리만 빼면 일반인과 다를 바 없는 신체라는 생각에 공격을 멈추지 않았다. 틈을 봐서 복부를 공격할 생각이었다.

품속에 권총도 있지만 세 발이나 공포탄이 들어 있어 급박한 상황에는 도움이 되지 않을 것 같아 일찌감치 포기했다.

권총이 놈에게 통한다는 보장도 없었고 말이다.

슈욱. 찌익.

"큭!"

눈앞이 번뜩하며 왼쪽 눈 위가 화끈해졌다. 황병철의 손이 찔러 들어온 걸 눈을 감아 간신히 막았다. 하지만 눈꺼풀이 찢어져 핏물이 눈으로 들어와 시야를 방해하고 있었다. 놈은 시력을 잃자 내게서도 시력을 빼앗을 생각인 듯했다.

황병철의 시력을 빼앗은 이상 개싸움을 벌이지 않아도 될 것 같아 놈을 밀치며 떨어졌다. 생각해 보니 마운트 자세는 내가 공격할 수 있는 곳이 한정되어 있고, 놈이 팔다리를 이용해 몸을 가릴 수 있어 방어하기 유리한 자세였다.

하지만 이렇게 떨어진 상태라면 사방 어느 곳에서 공격할지 모르기 때문에 시야를 빼앗긴 놈이 불리할 수밖에 없었다.

휘익. 부웅—

옆으로 돌며 황병철의 허리에 발차기를 넣었다. 전혀 보이지 않는 것은 아닌지 발을 들어 막는다.

까강—

오른쪽 눈에 핏물이 들어갔지만 흐릿하게 형체는 보이는지 양팔을 휘둘러 접근을 막으며 몸을 오른쪽으로 돌면서 날 찾고 있다.

쿠당탕.

　그러나 거실의 탁자를 발견하지 못하고 걸려 넘어졌다. 짧은 순간 빈틈이 있었지만 놈이 벌떡 일어나 양팔을 휘두르는 바람에 기회를 놓쳤다.

　하지만 이것으로 황병철이 시력을 거의 잃었다는 것을 확신할 수 있었다. 난 한쪽 눈이 흐릿하기는 해도 나머지 한쪽은 멀쩡했다. 기회는 다시 생길 것이며 시간이 지날수록 상황은 내게 유리하게 변할 것이다. 섣부른 공격으로 내 위치를 드러낼 필요가 없다고 생각해 황병철의 주위를 돌며 기회를 노렸다.

　말없이 팔만 휘두르던 황병철이 이대로는 안 되겠다고 생각했는지 입을 열었다. 놈은 한쪽 눈가가 주저앉고 안면이 피로 물들은 상태에서도 고통을 느끼지 않는지 신음조차 흘리지 않고 자연스러운 목소리로 말했다

　"이런! 정말 놀라운 일이군요. 이곳에서 두 명의 백호 문신을 만날 것이라곤 전혀 상상도 하지 못했습니다. 그래 한 반장님은 어떤 능력을 가지고 있습니까?"

　하지만 쫑긋거리는 귀와 시퍼렇게 돋아난 목의 힘줄이 놈의 상태가 썩 좋지 않다는 것을 알려주고 있었다. 황병철은 이런 상태는 불리하다고 판단하고 태연을 가장해 목소리로 내 위치를 파악하려는 수작이었다.

　황병철의 장단에 놀아줄 만큼 허술한 내가 아니다. 놈의 말

을 싹 무시하고 품에서 꼬챙이를 꺼내 쥐고 몸을 낮춘 채 기회를 엿봤다.

내가 대꾸를 하지 않자 놈이 큰 소리를 지르며 사방을 뛰어다니며 양팔을 휘둘렀다.

"우아아아—!"

휙. 휙.

팍. 쨍그랑. 서걱.

거실에 있던 집기들이 놈의 손에 떨어지고 발길질에 깨지고 부서졌다. 그럼에도 놈은 미친 듯이 이리저리 펄쩍펄쩍 뛰어다니며 양팔을 휘둘렀다.

그러던 놈의 팔이 유리창을 향했다. 우리 오피스텔에는 베란다가 없어 창밖은 바로 허공이다. 물론 사람이 빠져나갈 수 없는 간격의 쇠로 만든 창틀로 막혀 있어 안전했다.

하지만 놈의 팔은 쇠도 벨 수 있는 흉기다. 손가락보다도 얇은 창틀은 손짓 한 번이면 베어지고 말 것이 분명했다.

'놈이 창밖으로 떨어진다면?

비록 이곳이 17층이라고 해도 팔과 다리를 자유자재로 변형시키는 백호 문신의 능력이라면 살아나기가 쉽다. 지금 황병철을 놓치면…….

그건 절대 안 된다. 무슨 일이 있어도 오늘 이 자리에서 끝을 봐야 한다. 그렇지 못하면 죽어서도 혜리를 볼 낯이 없을 거다.

쉬익. 슉. 슉.

까강. 서걱. 쨍그랑.

잠시 생각하는 사이 황병철이 유리창을 깨고 창틀을 잘랐
다. 눈으로 보고 일부러 하는 짓은 아니어도 찬바람이 들어오
자 외부라는 것을 느낀 모양이다. 놈 역시 불리한 상황이라고
판단했는지 창밖으로 몸을 날리려고 하는 듯했다.

"안 돼!"

타다닥. 휘익.

푸욱!

"끄으윽!"

쨍그랑.

몸을 날려 황병철의 등판에 꼬챙이를 박아 넣고 놈을 힘껏
밀쳤다. 놈의 몸이 창을 부수며 밖으로 떨어졌다. 이제 끝났
다고 생각해 안심하려는 순간 무언가 날아와 내 목을 조르며
끌어당겼다.

"으윽!"

황병철의 팔이 삼사 미터는 늘어나 수갑처럼 변해 내 목을
조여왔다. 지금 놈은 나를 지지대로 삼아 17층 창밖에 매달려
있었다. 나와 함께 떨어지려는 생각인 듯 발로 빌딩 벽을 지
지하며 날 잡아당긴다.

역시 놈은 살아날 방법이 있는 거다. 동귀어진(同歸於盡)을 노리는 것은 아닐 테니 말이다. 놈의 뜻대로 하게 둘 수는 없었다. 그건 내 자존심이 용납하지 않는다.

튼튼한 내 몸뚱이를 믿어보기로 했다. 황병철의 몸뚱이를 쿠션으로 삼으면 죽지는 않을 것 같았다. 끌려가는 척 창으로 다가가 놈을 향해 몸을 날렸다.

휘익.

빡!

놈의 안면에 박치기를 하며 양다리로 허리를 감았다. 두 손으로 황병철의 목을 잡아 힘껏 돌렸다.

콰지직.

"끄르륵!"

가래 끓는 소리와 함께 놈의 목의 반대로 돌아갔다. 내 목을 감은 팔이 스르륵 풀어지며 팔다리가 축 늘어지자 우리 둘의 몸은 지상을 향해 자유낙하를 시작했다.

차가운 바람이 휙휙 얼굴을 스쳐 지나갔지만 난 그 어느 때보다 또렷한 정신을 유지하고 있었다. 양팔은 가슴을 잡고 다리는 놈의 몸이 떨어져 나가지 않을 정도의 힘만 주어 허리를 감았다.

지면까지는 불과 몇 초 남지 않았겠지만 그동안이 내게는 영겁의 시간으로 느껴졌다. 마치 시간이 멈춘 것같이 모든 사물이 또렷하게 보였다. 그리고 스멀스멀한 기운이 내 팔을 타고 흘러 들어오기 시작했다.

'아! 백호 문신!'

잘하면 살 수 있겠다는 생각이 들었다. 그러나 곧 피식 실소를 흘리고 말았다. 그 짧은 순간에 이렇게 많은 생각을 할 수 있다는 사실이 신기해서였다. 그런 내 눈앞에 회색빛 콘크리트가 크게 확대되어 나타났다. 이제 삶을 위한 마지막 몸부림을 할 때였다.

"이얍!"

황병철의 몸을 밀치며 반동을 이용해 허공으로 몸을 띄웠다. 그런데……

푸스스스.

주위의 경물까지 모래성처럼 부서져 내렸다. 그리고 내 몸이 부서져 내리고 있었다.

'이건!'

이런 경험은 과거에도 한 적이 있었다. 바로 회귀하기 직전 일본에서 총에 맞아 죽으며 본 광경이었다. 과연 그때와 마찬가지로 정신이 흐릿해졌다.

'또 뭐야?'

Epilogue
새로운 시작

"······여긴?"

눈을 뜨고 보니 전부가 낯선 광경이라 고개를 갸웃하며 주위를 둘러보았다.

사방이 돌로 이루어진 대여섯 평(坪)의 공간으로 석벽에 걸린 유등이 석실을 환히 밝히고 있었다. 석실에는 달랑 작은 돌로 만든 침상과 책 한 권이 펼쳐져 있는 돌 탁자와 정체불명의 나무통이 전부였다.

그런데 이 모든 것이 민속촌에 가서도 볼 수 없을 정도로 고풍스러웠다.

한마디로 현대에서는 절대 볼 수 없는 시설이라는 것이다. 하지만 이미 한 번의 회귀를 경험한 나는 크게 당황하지는 않았다. 이래서 경험이 중요한 거다.

"후우! …이건 또 뭐냐?"

그래도 한숨이 나오는 것은 어쩔 수 없었다. 주위를 살펴보면 볼수록 황당하기만 했다.

"하아~! 나 참!"

다시 한 번 주위를 살펴보며 내가 처한 상황이 기가 막힌다는 생각에 혀를 찼다.

어쩐 일인지 이번에는 머릿속에 현재의 처지가 기억되고 있기 때문이다.

"그러니까 중국에… 그것도 영락제가 통치하고 있는 명나라에 내가 있다는 말이지……. 그것도 무림(武林)이 존재하는 세계라니. 나 참! 이게 말이나 돼?"

난 이곳 그러니까 중국 명나라에 있을 수 없는 사람이다. 알다시피 난 대한민국의 자랑스러운 민중의 지팡이라는 직업을 천직으로 아는 사람이다.

물론 나 역시 강호(江湖)의 칼밥을 먹은 적도 있지만 그건 명나라가 아닌 21세기의 일본에서 야쿠자를 하던 시절에 있었던 일이다. 나와 짱개와의 연관이라곤 술 먹은 다음 날 속풀이로 짬뽕을 즐긴다는 것 외에는 지금까지 어떠한 교류도 없었다.

"그러니까 왜 일본이나 한국이 아니라 중국이냐고!! 이제 칼밥은 사양이라고!"

하지만 그런 분노에 찬 외침은 대답없는 석실에 막혀 공허하게 허공에 흩어졌다. 아무래도 지금의 상황은 불합리하다는 생각이다.

그도 그럴 것이 내 마지막 기억은 오피스텔에서 황병철을 끌어안고 뛰어내릴 때였다. 그때 난 놈을 놓칠 수 없다는 일념으로 창밖으로 뛰어내려 황병철을 끌어안고 오피스텔 17층에서 떨어졌다.

난 특별한 신체를 철썩같이 믿고 놈과 함께 떨어졌고 그 와중에 죽은 황병철의 몸에서 세 개의 백호 환의 능력을 흡수했다.

황병철이 죽은 혜리의 몸에서 흡수한 능력까지 합해서 말이다.

그러나 그때 전혀 예상치 못한 일이 일어났다. 내 몸에 흡수된 백호 환이 변화를 일으킨 것이 지금 이 상황을 만든 것이다.

그때 난 낯설지 않은 경험을 하며 육체와 의식은 사라졌다. 그리고 깨어난 것이 바로 이곳이었다.

이런 것도 한 번의 경험이 약이라도 되는 걸까?

　분명히 깜짝 놀라 뒤집어질 일이지만 한 번 겪어봤다고 담담하지는 못해도 어느 정도는 이해하는 내가 우습고 어이없었다.

　"아무리 그래도 그렇지……."

　정말 황당한 이유는 깨어나기 전 알게 된 사실이다. 지난번 회귀 때와는 전혀 다른 패턴이었다. 그건 다섯 개의 백호 환을 모았기 때문이었다.

　내가 깨어나기 바로 전 하나의 감사의 목소리와 함께 다섯 개의 백호 환에 얽힌 비밀을 알게 되었다. 그로 인해 현재 처해진 상황을 대충은 이해 할 수 있었다.

　다섯 개의 백호 환은 이름을 밝히지는 않았으나 신이나 신선과 같은 초월적인 존재의 영단(靈丹)으로 본래 하나였다.

　그런 영단이 모종의 이유로 다섯 개로 나뉘어져 흩어졌지만 인간의 생사마저 관여할 만큼 신묘한 물건으로 세상에 존재해서는 안 될 물건이었다. 그럼으로 초월자는 나와 혜리 그리고 황병철로 하여금 회수하도록 했고 결론적으로 내가 성공한 거다.

　"그래서 보상을 해준 거란 말이지. 인생의 보너스 스테이지를 말이야. 하아—! 나 참!"

　난 너무 어이가 없어 고개를 저으며 보상의 기억을 떠올렸다.

초월자는 나에게 평형세계쯤으로 이해되는 곳에서 다시 한 번 살 수 있도록 배려해 줬다.

그곳이 이곳 중원이었다.

바로 무림(武林), 강호(江湖)라고 불리는 무협의 세계에 말이다. 덤으로 험난한 강호를 헤쳐 나갈 만한 몇 가지의 안배와 함께 말이다.

초월자의 선물은 다섯 개의 백호 환의 합일되며 만들어진 영단의 체내 흡수였다.

비록 영단의 신묘한 효능은 대부분이 사라졌지만 수천 년 수련한 초월자의 기운이 조금은 남아 있어 그 자체만으로도 다시없을 인세의 보물이다.

내 몸에 흡수된 영단은 다시 세 개로 나뉘어 각기 백회혈과 명문혈에 자리를 잡고, 마지막 하나는 회음혈에 자리를 잡아 봉인이 풀리길 기다리고 있다.

그와 동시에 내 몸에 전생에도 익숙한 은색의 백호 문신이 생겨났다.

일단 침상에서 일어나 입고 있던 무복을 벗었다. 먼저 확인해야만 할 것이 있었다.

주섬주섬 속옷마저 벗은 알몸엔 익숙한 백호 문신이 반갑다는 듯 방긋 웃고 있었다.

솔직히 나 역시 진심으로 반가웠고 그나마 안심이 되었다.

어차피 죽지 않고 살아난 마당이다. 낯설고 거친 세상에는 튼튼한 몸뚱이야말로 최상의 선물이니까 말이다.

"백호 신의 말이 대충 뻥은 아닌 것 같은데 말이야……."

나는 초월자를 백호 신이라고 부르기로 했다. 집에서 기르는 강아지도 이름이 있는데 사람의 목숨으로 장난치는 대단한 존재가 아닌가? 무엇이든 부를 이름이 필요했다.

"아! 제길! 민정이랑 한 번도 못했는데……. 먹고 헤어지는 거랑 못 먹고 헤어지는 거랑은 천지 차인데. 아! 이럴 줄 알았으면 한번 눌러주는 건데……."

돌연 떠오른 생각에 걷잡을 수 없는 후회가 밀려왔다. 그랬다. 사실 그동안 몇 번의 기회가 있었음에도 민정이를 아껴줬다.

내게 어울리지 않는 사랑을 하는 바람에 결혼까지는 순결을 지켜준다는 생각에 손을 대지 않았던 것이다. 그러니 다시 돌아갈 수 없다는 현실이 더욱더 안타깝기만 했다.

"하아―! 내가 그런 실수를 다 하다니……. 그런데 여긴 어디지?"

후회는 아무리 빨라도 늦었다는 격언을 떠올랐다. 아무리 후회해도 되돌릴 수 없는 일에 정력을 낭비하는 사람이 아니다.

그래도 아쉬운 마음은 어쩔 수 없어 깊은 한숨을 내쉬며 탁자 위로 손을 뻗어 낡은 책을 집어 들었다.

귀곡유해(鬼谷遺解).

'귀곡유해라? 응? 그런데 내가 이런 한자를 알고 있었나?

좌르륵.

신기한 생각이 들어 고개를 갸웃하며 책장을 넘겼다. 귀곡유해는 백과사전처럼 두툼한 책으로 세월의 흔적을 느낄 수 있게 종이가 누렇게 변색되어 있었다.

'어! 내가 한자를 전부 읽을 수 있잖아!'

빠르게 넘어가며 중간 중간 보이는 한자가 자연스럽게 읽혀졌다.

'중국이라고 하더니…… 과연 백호 신!'

중국어를 한다는 사실이 놀랍기는 해도 이해 못할 정도는 아니었다.

시간을 거스르는 일도 가능한 백호 신에게 그 정도는 기본일 테니까 말이다. 그래도 이젠 한중일(韓中日) 삼 개 국어를 자유롭게 할 수 있다는 사실에 왠지 뿌듯해졌다.

쿵. 쿵.

─장주님! 장주님!

흐뭇한 생각에 잠겨 있다가 석실을 두드리는 뾰족한 목소리에 흠칫거렸다. 글을 읽는 것뿐만 아니라 들리기도 했기 때문이다.

'역시! 중국어도! 말도 할 수 있겠지? 흐흠! 그러면 내가 한국어, 일어, 중국어 삼 개 국어를 완벽하게 하는 건가? 흐흐흐!'

쿵. 쿵.

―장주님! 장주님!

아무런 응답이 없자 걱정이 되었는지 밖에서 석문을 두드리며 부르는 목소리가 더욱 높아졌다.

잠시 어떻게 할까하고 생각했지만 답은 하나밖에 없었다. 이 조그만 석실에서 지낼 생각이 아니라면 밖으로 나가는 수밖에…….

석문으로 다가서 문을 밀었다.

드르륵.

석문은 쉽게 열렸다. 아쉬움 많고 후회 많은 인생이었지만 나는 지나간 과거로 길게 후회를 하는 성격은 아니었다. 더욱이 돌이킬 수 없는 일이라면 말이다.

'이번 삶에는 절대 후회를 남기지 말자! 같은 실수를 두 번 하는 병신은 되지 말아야지. 그리고 많은 사람의 경험에서 나온 말은 절대 틀리지 않으니까 말이야. 쩝! 사랑은 아무나 하나.'

　태진아의 노래 가사가 억울한 내 심금을 울렸지만 다시 한 번 각오를 다지며 석실을 나섰다.

＊　　　＊　　　＊

　"장주님, 괜찮습니까?"
　'응? 장주? …내가?'
　걱정스러운 얼굴로 묻는 열대여섯 세쯤으로 보이는 어린 소녀의 말에 번뜩 스치는 생각이 있었다.
　무슨 장인지는 모르지만 장주란 나를 지칭하는 말이라는 것을 느꼈다.
　이곳 사람들을 만나면 어떻게 설명해야 하나 하고 고민하던 문제가 한 방에 해결되었다.
　'아하! 백호 신이 아무 생각 없이 보낸 건 아니구나! 그런데 장주라니? 설마 천호장이나 럭셔리 같은 모텔은 아닐 테고…….'
　잔머리 100단의 두뇌가 팽팽 돌아가기 시작했다.
　'어떤 장원의 장주인 것 같은데……. 그렇다면 일단 먹고 사는 문제는 어느 정도 해결되었다는 말이지?'
　천민이나 노비는 아닌 것 같아 생활고를 고민할 일은 벗어났다는 생각에 안도할 수 있었다. 재빨리 눈앞의 소녀를 아래위를 훑어보았다.

공손하게 고개를 조아리고 있는 어린 소녀의 의복은 별로 고급스럽지 않아 보여 한눈에 시녀라는 것을 알 수 있었다.

"자, 장주님……."

내가 빤히 쳐다보며 생각에 잠겨 있자 어린 시녀는 무슨 생각을 했는지 얼굴을 붉히고 고개를 푹 숙이며 기어들어 가는 목소리로 나를 불렀다.

나도 그제야 생각에서 빠져나와 붉어진 어린 시녀의 표정을 보고 어이가 없어졌다.

'어휴! 어린 것이 그래도 여자라고……. 그런데 이 자식 혹시 어린애들 건드리는 변태 아냐?

장주라는 놈이 평소 어떤 행동을 했는지 불안했다. 미성년자에게는 아무런 관심도 없음에도 불구하고 괜히 내 얼굴이 뜨거워졌다. 겸연쩍은 생각에 헛기침을 하며 시녀에게 물었다.

"험! 험! 별일 아니다. 그런데 무슨 일이냐?"

"총관께서 아침 준비가 되었는데도 나오지 않으신다고 살펴보라 하셨습니다."

"총관? …안내하라."

"예, 장주님."

아직 정황을 자세히 모르기에 여러 사람을 만나는 것은 좋지 않다고 생각했다.

말도 아껴야 했고 말이다. 하지만 상대가 총관이라면 만나봐야 할 것 같았다.

정보(情報).

시대를 막론하고 정보의 중요성은 달리 거론할 필요도 없다. 이곳이라고 다르지 않을 것이다. 우선 무림이라는 곳과 지금 있는 곳에 대한 정보. 또 내 자신의 신세에 관한 사항을 알아야만 했다.

그러자면 총관이 제격이다. 장내외의 대소사를 처리하는 관리자가 총관이 아닌가?

어느 정도 학식도 갖추었을 테고 이런저런 세상사에도 밝은 사람일 것이 분명했다.

아무것도 알지 못하는 나로서는 약간의 위험을 감수하고라도 당연히 접촉해야 했다.

어찌 된 일인지는 모르지만 하녀의 태도로 보아 총관도 나를 다른 사람이라고는 생각하지 못할 것 같았다.

대화 중에 특유의 뻔뻔함과 잔머리를 굴리며 말을 아끼면 총관에게 의심을 사지 않을 자신도 있었다.

그리고 혹여 발각되어도 큰 문제는 안 될 것 같았다. 최소한 백호 신이 신분세탁을 해놓았다면 현재 이곳의 장주는 나

일 것이기 때문이다.

"총관은 어디에 있느냐?"

"식당에서 장주님을 기다리고 계십니다."

"앞장서라."

"예, 장주님."

솔직히 거울을 먼저 보고 지금의 내 모습을 확인하고 싶었지만 뒤로 미루고 우선은 하녀의 뒤를 따라 걸음을 옮겼다.

사실 무엇보다 궁금한 것은 지금의 얼굴이지만 석실에는 거울이 없어 확인할 수 없었다.

항상 짧은 머리를 했지만 머리가 답답한 것으로 보아 길러서 묶은 것 같았다.

물론 다른 것은 머리만이 아닐 것이다. 어쩌면 전혀 다른 얼굴이 되었을 수도 있다.

'정우성 스타일이 딱인데 말이야……'

새로운 얼굴이라면 어떤 기분이 들까 하는 생각에 묘한 느낌이 들었다.

"헉!"

"왜 그러십니까, 장주님?"

석실 통로를 나오자 보이는 전각에 놀라 헛바람을 삼키고 멈칫거리자 시녀가 의아한 얼굴로 뒤돌아보며 물었다.

난 눈앞에 보이는 장원의 규모에 놀란 거다. 으리으리한 전
각이 눈에 보이는 것만 해도 서너 개는 되었다. 사이사이 보
이는 처마로 보아 장원의 규모가 생각보다 훨씬 크다는 것을
알 수 있었다.

'아—! 대, 대박이다!'

부자도 보통 부자가 아닌 듯했다. 언뜻 본 것만으로도 일본
야쿠자 두목 집보다 큰 것 같았다.

귀신도 부릴 수 있는 것이 돈이라고 했다. 한신이 말한 다
다익선(多多益善)이라는 말은 돈을 두고 한 말이 틀림없었다.
적어도 내 생각은 그렇다.

"아, 아니다. 어서 가자."

"예, 장주님."

흥분을 가라앉히며 다시 시녀의 뒤를 쫓았다. 바로 옆의 전
각으로 들어간 시녀가 실내를 향해 고한다.

"장주님 드십니다!"

긴장된 표정으로 시녀의 뒤를 따라 들어가다 멈칫거렸다.
식당에는 총관만 있는 것이 아니었다. 무려 세 명의 사내가
있었다.

식탁에 앉아 있던 세 명의 사내가 일어서며 고개를 숙여 인
사하며 나를 맞았다.

"늦으셨습니다, 장주님!"

하지만 나를 깜짝 놀라게 한 건 입을 연 사십대의 청수한 모습의 사내 때문이었다.

'하, 한상일! 쟤가 어떻게 저런 모습으로…….'

난 도저히 믿을 수가 없어 뚫어지게 쳐다보았다. 중국 영화에 나오는 옷을 입고 사십대 초반으로 학자처럼 보이지만 얼굴은 한상일이 틀림없었다.

한국에서 인연인지 악연인지를 맺어 딸랑이가 되었던 한상일의 얼굴을 내가 어찌 잊겠는가?

'하아—! 저 새끼……. 징그럽게 쫓아오네.'

하지만 이 자리에서 내색하기에는 내 잔머리 신공 경지가 너무 높았다. 한상일은 한상일이되 알고 있던 한상일은 아닐 것이 분명하니 말이다.

바로 아무렇지도 않은 듯 안색을 고치며 다른 사내에게로 시선을 돌렸다.

"장주님, 별고없으십니까?"

"아, 아! 난 괜찮네."

나머지 두 사내를 쳐다보며 무슨 말을 해야 하나 고민하고 있을 때 예의 한상일이 구원의 말을 건넸다.

한상일은 어정쩡한 모습으로 일어서 있는 두 사람을 가리키며 소개했다.

"예, 이 두 분은 새로 빈객으로 맞은 제남쌍웅 형제분이십

니다. 그리고 이분이 바로 본 세한장의 장주이신 한대갑 장주
님이십니다.”

‘헉! 한대갑!’

“원세훈이오.”

“난 김진표라고 하오.”

“바, 반갑소! 자리에 앉읍시다.”

장주의 이름마저 똑같다는 것에 놀라면서도 충분히 이해
할 수 있었다.

한편으로는 백호 신의 세심한 배려에 만족하며 은근히 용
모도 같았으면 했다.

아무리 정우성이 잘생겼어도 삼십 년 이상 달고 다녔던 얼
굴이 정이 가는 것은 인지상정이다.

사실 얼굴이 아주 못난 것도 아니어 익숙한 게 좋았다. 그
리고 여자 나이 이십대 초반만 되어도 얼굴보다는 능력을 보
지 않나?

식탁 위에는 이름을 알 수 없는 요상한 요리가 올라와 있었
다. 고기를 사랑하고 야채를 싫어하는 나다.

하지만 자극적이지 못한 색깔과 기름이 둥둥 떠 느끼해 보
이는 요리에 손이 가지 않아 야채볶음과 밥만 깨작깨작 먹었
다.

그러면서도 시선은 항상 한상일과 두 사람에게 향했다. 너

무 신기했기 때문이다. 알던 사람들이 비슷한 얼굴로 나타나다니. 확실히 이곳은 알고 있던 명나라는 아닌 것 같았다. 평형세계쯤이란 백호 신의 말이 조금은 이해가 되었다.

내가 말이 없자 한상일은 자신을 한 총관으로 소개하며 빈객으로 들어온 형제에게 장에 대해 자세히 설명했다. 그 역시 신경 쓰지 않는 척하면서 귀를 쫑긋해 들었다.

총관인 한상일의 얘기를 통해 이곳이 세한장이라는 것을 알 수 있었다.

세한장.

다른 이름으로 한가장(韓家莊)으로 불리며 절강성 천목산이란 곳에 있다.

더 자세히 말하자면 천목산 자락 여항현에 세한장이 있다. 가까이 상유천당 하유소항(上有天堂 下有蘇抗)으로 일컫는 풍류도시인 항주가 있고 서호가 있다.

총관의 말에 의하면 사방 백 리 안은 세한장의 땅을 밟지 않고는 움직이지 못한다고 할 정도의 땅 부자라고 한다. 점점 재산의 규모가 드러나고 있었다.

내심 좋아서 팔짝팔짝 뛰고 있지만 안 그런 척 표정관리를 하느라 힘이 들었다.

왜?

생각해 봐라. 백호 신이 내게 무척 고마워하고 있다는 것을 피부로 느낄 수 있지 않냐?

천당과도 비교되는 항주가 가까이 있단다. 지금 세상이라면 자동차도 없을 텐데 북경이나 오지에 떨어졌다면 돈이 있어도 가기 힘든 곳이다. 그런데 항주가 가까운 데다가 돈까지 많다. 그럼 얘기 끝난 거 아니냐.

이곳에서 다시 경찰을 할 것도 아니고 야쿠자가 되고 싶은 생각도 없다.

파란만장한 인생을 한 번도 아닌 두 번이나 겪은 나다. 그러니 이번 보너스 스테이지는 세상사에 관여 않고 있는 돈 까먹으며 본능에 충실하게 살아보련다.

총관과 제남쌍웅인가 뭔가 하는 자들이 떠드는 이야기가 더 이상 귀에 들어오지 않는다. 한 귀로 듣고 한 귀로 흘리며 상상의 나래를 펼쳤다. 무협세계라고 꼭 무인만이 사는 세상은 아니니까 말이다.

*　　　*　　　*

별다른 사건 없이 무사히 식사를 마치고 어린 시녀의 뒤를 따라 방으로 돌아왔다. 역시 방에는 동경이라는 것이 있었다. 지체없이 동경 앞에 섰다.

"흐음……!"

미묘했다. 예상대로 얼굴은 변하지 않았다. 그런데 머리를 길러 묶어서 그런지 영 어울리지가 않는다. 내가 장군감으로 생겼는데 양반들이 입는 조선시대 도포자락 같은 옷을 입고 있으니 언밸런스하기 그지없었다.

"다른 사람들 하고 다닌 꼴을 보고 바꾸든지 해야지……. 쩝!"

방 안을 둘러보다 생각지 않은 점이 떠올랐다.

"근데 여자 물건이 하나도 없는 것으로 보아 결혼을 하지 않았나?"

이 시대라면 중국에서도 조혼이 성행하던 때일 것이다. 꼭 조혼이 아니더라도 얼추 서른은 되어 보이는데 혼인하지 않았다면 이상한 일이다. 돈도 있고 지위도 있어 보이는데 말이다.

"마누라는 죽었나?"

그렇다고 해도 첩은 있어야 했다. 일부다처제의 시대는 돈 있는 사람의 특권이니까 말이다. 그런 문제가 아니라도 이 정도 규모의 재산가라면 안주인은 꼭 필요한 존재다.

필히 확인해 볼 문제이긴 해도 내가 먼저 물어볼 수는 없는 일이었다. 하인들에게 내 마누라 어디 있냐고 물을 수는 없으니까 말이다. 시간이 흐르면 자연히 알게 되겠지만 궁금한 것을 참으면 병이 된다.

뭔가 방법을 생각해 봐야 할 것 같았다. 방에서 할 일도 없고 장원이 궁금하기도 해 밖으로 나섰다. 누굴 불러야 하는지 몰라 혼자 나서려고 하다 길이라도 잃어버리면 곤란하다는 생각에 어린 하녀를 불렀다.

아! 어린 하녀의 이름이 초선이다. 삼국지의 대표미녀 이름이라 외우기는 쉬웠다. 얼굴은 아니지만.

"초선이 있느냐?"

"장주님, 부르셨어요?"

"장원을 둘러보겠다. 앞장서라."

"예, 장주님."

초선은 '그런 일을 왜 나한테 시키지?' 하는 표정으로 고개를 갸웃했지만 하늘 같은 장주의 명령을 어길 수는 없어 조용히 고개를 조아리고 앞장섰다.

네 시간에 걸친 장원 탐색을 마쳤다. 그런데도 절반도 보지 못했다고 한다. 더 돌아보고 싶었지만 초선이 힘들어하는 것 같아 나머지는 내일로 미뤘다.

난 솔직히 장원(莊園)이라고 해서 잘사는 인간들이 만들어 놓은 고급 별장 정도를 생각했다. 하지만 삼 분의 일 정도를 둘러본 결과 내 생각이 틀렸음을 깨달았다.

장원은 하나의 마을 그 자체라고 보면 될 것 같았다. 세한장에도 약 300여 가구가 살고 있다고 한다. 물론 그들은 모두

세한장의 땅을 갈고 과수원에서 과일을 재배하는 등 세한장
이 식솔들이다.

　장원 안에는 작지만 대장간도 있고 축사도 있고 창고도 있
었다. 뒤편으로는 야산도 있어 말 그대로 울타리가 쳐진 촌락
이었다. 그리고 그 촌락의 왕이 나였고 말이다.

　‘생각보다 큰 선물인데?’

　그냥 이 지역 유지가 되어버린 것이다. 호족이라는 것이 있
는데 이런 장원을 소유한 사람을 일컫는 것이란다. 백호 신이
이번에는 베이스를 너무 잘 깔아놔서 황송할 뿐이었다.

　“좋아! 이번 생은 제대로 즐기면서 살자!”

　나 한대갑은 풍류를 즐기며 유유자적한 생을 보내기로 백
호 신에게 맹세했다. 전생과 전전생의 추억은 가슴 한편에 묻
어 두고 말이다. 이번이 내겐 마지막이 될 것이니 말이다. 정
해진 운명이라면 억지로 바꿀 수도 바꿔지지도 않는다는 것
을 이제는 알 수 있었다.

『더 퍼니셔』 완결

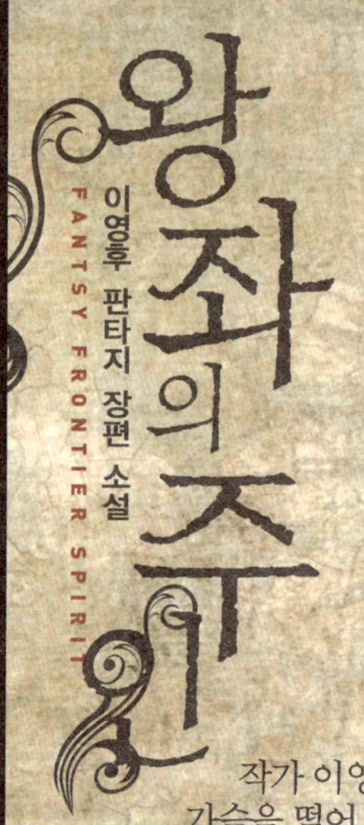

작가 이영후가 선보이는 야심작!
가슴을 떨어 울리는 판타지가 찾아온다!

『왕좌의 주인』

세계를 몰락 위기로 몰았던 이계의 절대자들
그들의 유적이 힘을 원한 자들을 불러들이고…
그 힘을 취한 어둠은 암암리에 세계를 감쌀 뿐이었다.

"세계를 구원할 것은 너뿐이구나."

어둠을 걱정한 네 영웅은 하나의 희망을 키워낸다.
이계 최강의 절대자 티엔마르.
그리고 이 모두의 힘을 이어받은 새로운 존재…
은빛의 절대자 레오!

눈매 新무협 판타지 소설
FANTASTIC ORIENTAL HEROES
가면의 마존

유행이 아닌 자유추구
WWW. chungeoram.com